江湖訣・禪念無鋒

林莫——著

目次

一、江南少俠

「魏少俠，他們過來了。」方臉漢子一路闖入驛站內，腳步尚未站定便急忙開口。

「嗯。」一名青年悠然淡定，啜著茶，緩緩回了一聲。

方臉漢子看他聞訊不為所動，心裡起了焦急，忙道：「魏少俠，他們轉眼就來了，再不部署只怕來不及。」

「別慌。」那名魏少俠淡淡地說道。輕輕將杯放下，又道：「此去由東行五里路有片林子，樹高葉茂易於隱蔽。你帶齊人馬去埋伏，這裡由我將就應付。」

方臉漢子一頓，神情錯愕，道：「魏少俠不是當真吧？這群賊人來勢洶洶，只憑少俠一人之力，我怕有閃失。」

那魏少俠連頭也不抬，輕輕一笑，道：「你不必擔心，儘管照我吩咐去辦，讓所有人備齊趁手兵刃，務必截住他們！」

見他自負，方臉漢子神情猶豫，在一陣嘆氣後，轉身出店，帶齊人馬離開。

整間驛站只剩得他一人。

約莫一刻鐘，只聽官道震動，遠處來了一批人馬，直往驛站而來。馬蹄聲近，隨後在店門口止了聲響。幾名漢子將馬栓牢，陸續進到店裡就座。

那名魏少俠也沒拿眼去瞧，他背著店門，自顧自地啜著茶，絲毫不為所動。

漢子們闖入小店，本是大聲談笑，才進店裡，卻見得一名青年自斟自飲，登時面面相覷，聲響漸漸熄了。

幾名漢子獨獨點了一壺酒，解下兵刃圍桌而坐。一個個眉頭深鎖，彼此竊竊私語，似乎料不到，整間小店獨有一名青年自斟自飲。

魏少俠微微一笑，心知他們不過是裝腔作勢。待要喚來小二添水，耳邊聽聞一陣馬蹄聲，他臉色驀然大變，不待來者靠近，當即奪門而出迎了上去。那五人摸不著頭緒，居然也沒攔阻他，任由那名魏少俠離開。

縱馬過來的正是方臉漢子，魏少俠見到是他，心底一沉，直叫不好。「魏少俠，這邊沒事吧？」方臉漢子翻身下馬，殷勤問道。

魏少俠神情肅穆，慍道：「陳大哥，你怎麼回來了？」

方臉漢子一愣，道：「我怕魏少俠抵擋不住，才將人馬給折回來助你。」

魏少俠見他不聽安排，心底火惱，道：「陳大哥瞧你辦的好事！」話才說完，翻身上了方臉漢子的馬，旋即策馬而去。

方臉漢子摸不著腦袋，心底犯嘀咕，仍舊跟了上去。

一到林子邊，遠遠便見著魏少俠駐馬的身影。方臉漢子靠上前去，卻見兩具屍首吊在樹梢，隨枝頭擺盪。

林木高大茂榮，兩人卻被吊在葉疏之處，顯然刻意而為。

方臉漢子大驚之餘，不禁脫口「啊」了一聲。兩人正是自己派來此地探查的探子，豈料不過來回的時間，便身死此地。

方臉漢子又怒又愧，想不到自己一念之差，卻讓兩位手足兄弟喪命於此。他忍著怒意，低聲問道：「魏少俠，是誰下手的？」

那名魏少俠騎在馬上，調撥馬頭，面無表情，道：「陳大哥，這兩位兄弟是因你而死。」

「是，是陳某的錯，我不該莽撞行事，只是到底誰這麼大膽？」方臉漢子聽聞指責，低聲下氣地回道。

那方臉漢子名叫陳無常，無常並非本名，只是他為人喜怒無常，脾氣古怪，因此人人喚他為無常。久而久之，倒也沒人記得他原名為何。

陳無常乃是江南君子門的領頭，君子門與一般鏢局相同，舉凡看家護院、走鏢送貨，一概視價錢承接。只是一般鏢局須由官府管轄，並且列名在冊，陳無常不願處處受到官府制肘，於是開立君子門，有道是君子愛財，取之有道，是為當初創立初衷。

至於那位魏少俠，名叫魏君唐，人稱「江南少俠」。

魏君甚是年青，不過二十餘歲，但出道得早，因此名聲頗為響亮。

他十五歲初出茅廬，在太湖邊上與流星教兩名旗主動手，堪堪只出上兩招，便力挫二人。

此役過後，聲名大震。

近年來更力敗各路綠林，一時無兩。雖然年青，卻沒人敢小覷。

「這些人全是金國探子喬裝，在驛站那五人，不過是他們故意派來虛張聲勢的小角色，對方眼下有急事要辦，自是不會多作休息。我早已料到他們不會歇息，所以讓你們埋伏在此，截住之後，我自然會尋後路擒拿帶頭之人。」魏君唐淡淡地道。

陳無常一張臉脹得通紅，道：「是我魯莽，壞了少俠大事。」

魏君唐嘆了一聲，道：「這不怪你，是我不及細說。如今讓這些探子潛入，禍事轉眼便要發生。」

陳無常面色凝重，道：「陳某闖下大禍，連累得少俠善後，實在過意不去，現在有負所託，少俠的定金應該奉還。」他說著，便要從懷裡掏取銀兩。

魏君唐伸手阻攔他，道：「陳大哥，魏某並非有意責難，只是方才一時情急以致口不擇言，望陳大哥見諒。近日時局動盪，倘若日後還需陳大哥幫忙，還請不要推辭，這事關我大宋安危。」

陳無常一聽，連忙抱拳，道：「魏少俠言重了，日後若有用得著陳某，請少俠儘管吩咐，我君子門自當戮力而為。」

「既然如此，君唐也不客氣了。」只見他取出兩張銀票，交付陳無常，道：「此地屬臨安府管轄，兩位弟兄身死金國探子手裡，只怕不易與官府交待，這裡區區幾十兩，算是君唐給兩位弟兄安家財，請陳大哥不要推辭。至於方才君唐冒犯，還請陳大哥不要放在心上。告辭了。」話說完，只見他縱馬而去，揚起一陣沙塵。

「將他們兩人解下，速速埋了。做事利索點，別讓官差發現了。」陳無常看著魏君唐遠去，低聲喝道。

此地乃是交通要道，為免多惹禍端，餘下幾十人連忙將兩人下葬，不過一盞茶時間十來人便走個乾乾淨淨。

*　*　*

一連趕了半天路程，魏君唐來到一間古寺。他走路無聲來到寺門，見一位約莫八九歲的小沙彌，倚門而坐。

「小師父，住持在麼？」

看門的小沙彌正在打盹，聽見有人說話，慌慌張張地起身，搖著尚未清醒的腦袋，問道：「找……找誰？」

待轉醒之後，小沙彌定眼一看，身前站定一位青年，只見他上身衣裝大襟交領，下身穿一條合襠棉褲，藍衣褐褲，頂上綁著一條青巾，作尋常武夫打扮。

再往臉上瞧，一對眉毛深黑，雙目如劍，眉宇之間透著英氣。看他直往自己笑，小沙彌趕緊雙手合十，問道：「請問找誰？」

魏君唐微微一笑，道：「小師父，住持在麼？」

小沙彌搖搖頭，道：「住持外出辦事，不在寺內，您叫甚麼名字？」

「我姓魏。」

小沙彌點頭道：「原來是魏施主，住持等會兒就回來，您要不要進來坐坐？」

天色尚早，魏君唐心底稍作盤算，便欣然應允。

他一路隨著小沙彌穿過大殿，進到內室。

眼前一磚一瓦，景象萬分熟悉。他從小便在這間寺內長大，對這裡瞭如指掌，只是離寺已久，除了自己的師父無方住持外，再無人識得他。

進到內室後，小沙彌安排他入客座，隨後拉開一旁的櫥櫃，翻找茶具。東翻西尋好一陣，才捧出一套茶具，不熟稔的模樣，讓魏君唐不禁莞爾，出聲提醒道：「右邊是主持愛喝的普洱，左邊才是拿來招呼客人的香片，別拿錯了。」

小沙彌拉開櫃門一看，果真如此，愣道：「您怎麼知道？」

魏君唐笑道：「這套櫥櫃乃是我親手所造，我自然知曉了。」

小沙彌一聽呵呵傻笑，喜道：「您是木匠麼？太好了，木匠師傅您得來幫我瞧瞧，我房門被蛀蟲吃得蝕了，待會兒抽空可要幫我修一修。」歡欣鼓舞的模樣，甚是天真。

魏君唐哈哈大笑，道：「小師傅，我不是木匠。」

原本心裡甚是期待，聽得魏君唐潑上冷水，小沙彌悵然若失，急道：「你真不是木匠師傅麼？那你怎麼會造櫥櫃？」他房門蝕壞，夜風一來便嗤嘎作響，這幾天總是睡不安寢，才格外企盼能修理妥當。

魏君唐不忍見他失望，便道：「我雖不是木匠，不過待會兒有空，我過去看看便是，興許能幫上一點忙。」

小沙彌大喜，連忙謝道：「好好，謝謝您了。」

「性德，甚麼事情這麼高興？」門外傳來聲息。

小沙彌聽聞聲音，喜道：「住持回來了。」話才說完，一名白鬍飄灑，身穿袈裟的老者，面容和藹，施施然地進門。

小沙彌見到住持現身，這才放了心。這間諾大的寺廟，難得由他一人看守，但他畢竟只是孩童，對人情世故毫無所悉，兼又不知如何招呼來客，才會初見面，還不知對方是誰，便將人帶入內室之中。

魏君唐見到無方，連忙起身行禮，道：「師父清健如昔，猶勝當年。」

無方住持進門後見到他，哈哈大笑，道：「原來是唐兒來了。性德，你去煮水過來。」

性德諾了一聲，轉身而去。他臨走之前還望了魏君唐一眼，深怕他食言，只是魏君唐正與無方談話，沒瞧見他的焦急。

「唐兒今日怎麼有空過來？你近年來形色匆匆，此番前來，只怕是另有要事吧。」無方住持問道。

魏君唐聽得無方問起，神色端正，正色道：「讓師父笑話了，徒兒這幾年在外奔走，沒時常來探望您，還請師父原諒。」

無方住持哂笑道：「無妨，你所做之事全為眾生著想，好得很，好得很。師父聽聞你這些日子的傳聞，心裡很是歡喜。」

魏君唐恭敬地回道：「最近徒兒接獲線報，得知金國探子入境。」

無方住持道：「這幾年邊界紛擾，金國派遣探子潛入宋境時有所聞，倒也不稀奇。」

魏君唐將茶具擺設妥當，回道：「不，此事大有蹊蹺，徒兒得知這次歸元門首領親自出馬，才不敢大意。」

聽聞此事，無方神色淡定，微微一笑，道：「依你之見，應該如何？」

魏君唐停下手邊物事，神色肅穆道：「藏寶圖在寺內，目前無人知曉，是我們得利之處。」

無方住持點頭，道：「你與我一般心思，這次歸元門首領親自前來，也許已出盡法寶，萬不得已。」

魏君唐點頭道：「正是如此！」隨即嘆道：「只恨徒兒沒早一步截住

他們，眼下他們已潛入我大宋國境，要追查起來，實是難上加難。」

「你倒不必自責，冥冥之中自有天意。凡是有因必有果，若非因生，何來有果？既然他們來勢洶洶，我們加倍小心便是。」無方住持淡淡回道。

魏君唐點頭，道：「師父教訓得是。」

無方住持道：「要知道，一切善惡皆有因，有因即有果，無須執著於小枝小節。」

魏君唐問道：「師父所謂的小枝小節，是指何事？」

「妒仇慾恨便是小枝小節，他們依附因果而生，終為因果而死，若因果不生，妒仇慾恨便無從而起。」無方住持說道。

魏君唐點頭稱是，道：「是，徒兒受教了。」

這時性德正好將茶水提進房，魏君唐以三指之力接過茶壺，將滾水加得恰好，不致溢出。

性德見他坐著捏起茶壺，卻絲毫不顫動，甚是佩服。於是拍手叫好，道：「魏施主好厲害。」

魏君唐聽見他稱讚，再見他步伐身形，全然不會武功模樣，心裡疑竇，於是轉向無方問道：「師父，性德還沒習武麼？」

「性德入寺兩個多月，寺裡事務尚未熟習，才會一再拖延。」。

「性德你得多加努力才是。」魏君唐說罷，向無方遞上茶水，道：「師父請用。」

無方住持接過茶水，卻滴水未沾，只見他若有所思，道：「這些年受命保護藏寶圖，引得不少人覬覦，我年事已高，這件事情遲早得另做安排。」他今年已是七十餘歲，身體縱然健朗，卻也免不了有衰老跡象。

「師父您身體清健，這事還可暫且緩緩。」魏君唐甚少見師父煩惱，連忙回道。

無方住持哈哈一笑，道：「藏寶圖事關重大，我不得不費些時日去另作安排。」

性德站在一旁，聽他倆談話嚴肅，不由得好奇心起，問道：「甚麼藏寶圖？裡頭有很多錢麼？」

無方住持微微一笑，道：「性德，你喜歡錢麼？」

性德囁嚅道：「我……我不知道。」

「藏寶圖裡頭當然藏有錢財，只是非我們所有，便不可任意妄取。」無方住持回道。

「是，性德明白了。」性德低著頭回道。

魏君唐見無方毫不隱晦，將這件重大秘密說出，不由得微微擔憂，低聲道：「師父，性德年紀還小，提起這事只怕不妥。」

無方住持哂笑道：「無妨，眼下寧遠寺只有我與性德兩人，無事不可說。」

魏君唐一怔，當年他離寺出走江湖，寺內少說還有幾十名僧人，去年回來也有十來人，不料現在只剩無方住持與性德。況且性德還是兩個多月前才進寺，只怕過去有段時日，整間寺院只有師父無方一人。無怪乎性德還沒習武，要灑掃這麼一大間寧遠寺，恐怕得費上一整天，正因為這樣，才會無暇習武。

「其他僧人呢？為何全都走了？」魏君唐問道。想不到曾經香火鼎盛的寧遠寺，如今已是這副景況，他心裡甚是感嘆。自小所居之地，如今殘破不堪，怎麼不教他黯然。

無方住持淡淡地道：「人各有志，若有心向佛，何處不能修行？他們要走也是一種緣分。」

沿途過來，魏君唐曾有發現一座新寺院，想來那些僧人全都往新寺院而去，相較之下寧遠寺甚是殘舊，不比外頭那些高塔大廟，無怪乎留不住其他僧人。

「既然只剩師父與性德，不如我回寺住下，也好有個照應。」魏君唐說道。

本以為師父會答應，沒想到無方住持卻搖頭，道：「你身負要事，住在這裡只怕有所不便。」

魏君唐沒料到師父會這麼回答，忙道：「徒兒怕金國賊人前來盜竊藏寶圖。」

無方微微一笑，道：「我聽說歸元門擅於匿蹤蒐情，可是真的？」

魏君唐一愣，不知無方何以岔開話頭，仍舊回道：「確實如此。」

無方點頭道：「倘若他們知道江南少俠屈居寧遠寺，作何感想？」

這時魏君唐才明白師父的言外之意，不由得嘆道：「只怕他們掘地三尺，也要搜出寶圖。」

「你能明白就好。」

性德在旁一直聽聞藏寶圖，卻不知究竟藏些甚麼，他年紀尚輕，耐不住好奇，於是鼓起勇氣，開口問道：「住持，寶藏都藏些甚麼？」

魏君唐從來不曉得裡頭倒底藏了甚麼寶物，只知事關重大，是為大宋血脈，萬不可讓賊人竊取。只是師父從來不提，他也不好開口詢問，但藏寶之秘守了近十年，難免想明白裡頭有甚麼物事，居然能引得金國人馬爭奪。

無方住持看了他倆一眼，知道魏君唐也想了解裡頭物事，便道：「既然你們有意得知，我便說予你們知曉。性德，你一齊坐下來聽。」

「是。」性德連忙尋了一張矮凳，喜孜孜地搬上前坐下。

「當年太祖開國，曾聚集一批金銀寶物，其中泰半由後周皇宮搜得，當時局勢尚未穩妥，太祖避免將領爭奪，便命人藏起，並繪有一幅藏寶圖。自宋室南渡之後，此圖便輾轉交付寧遠寺所管。」無方住持說道。

魏君唐不明其中道理，問道：「既然這張藏寶圖至關重要，為何朝廷不派人看管，卻是由得咱們守住這項秘密？」

「這圖乃是太祖贈於柴家，太祖曾有訓示，不可加刑於柴家後人，伴君如伴虎，為免柴家後人遭受皇室迫害，當年太祖將此圖交付柴家後人，以防後代不守訓示。既然此圖重要，柴家後人自然不會親自保管，以免一損俱損。而寧遠寺寂寂無聞，私下又與柴家交好，自然是藏匿的首選。」無方住持淡淡地道。

魏君唐點頭稱是，道：「想來裡頭財物大有顛覆宋室之能。」

無方住持搖頭說道：「藏寶財物雖巨，終究只能富甲一方，太祖知柴家無反叛之意，卻也不得不防，想藉由藏寶顛覆大宋，只怕不容易。」

性德心急，連忙追問道：「住持，裡頭到底藏了甚麼呢？」

無方住持呵呵一笑，道：「你莫要著急。自從太祖封寶之後，再無人進入，據聞裡頭藏有丹書鐵券，持有此券者，縱然是大宋皇帝也不可妄殺。除此之外，還藏有拳經棍譜，以及其他武功秘笈。正是這些武功秘笈，這幾年藏寶消息走漏後，各方人士都亟欲得到，以致你爭我奪，殺戮再起。」

「師父，這些武功秘笈，太祖是如何得來？」魏君唐問道。

「若然有朝一日你至高無上，天底下的事，自然就不難辦到。」無方住持淡淡地道。隨後他向著性德，問道：「性德，寶藏裡頭你最想要甚麼？」

只見性德滿臉欣喜，道：「我要丹書鐵券。」

無方住持哦了一聲，道：「你不拿武功秘笈麼？不想無敵天下麼？」

性德搖搖頭，道：「打架要給官差大人抓的，我有了鐵券，就不怕官差大人了。」

聽他言語童真，兩人不禁莞爾。

「性德年紀雖小，說話卻不無道理，你行事雖為了大宋，畢竟殺人傷人都於法不容，為師只怕你因此惹上官府。」無方住持道。

「我會加倍小心，多謝師父提點。」魏君唐回道。

「以武逼人不過是下乘，若要人口服心服，須有大智慧。」

「是，弟子明白。」

師徒兩人相談甚歡，直至半夜，性德耐不住疲累，早早便上床就寢。

魏君唐在寧遠寺留宿一晚，翌日一早起身後，記起昨天性德的請託，先將他房門門軸修理妥當，隨後再向無方住持告別。

他知道無方習慣早起做早課，來到房門口倒也不敢貿然敲門打擾，便立於門外靜候。

才剛站定，便聽得無方住持在房內叫喚。

「弟子一時不察，打擾師父早課，還請師父原諒。」魏君唐一入門便告罪。

無方住持笑道：「不打擾，我知道你即將要走，不願耽誤你行程，這才叫你進來。」他說罷，轉身取下懸掛在書櫃旁的長劍，交付給魏君唐，又道：「唐兒，你劍術既精，師父便送你這把禪念劍，望你日後行走江湖，能心懷禪念。」

此劍乃是無方晚年所持，劍身古樸無華，劍鋒內斂，除去中間約兩吋的銳口外，其餘皆是鈍口。

知道此劍是無方珍愛的藏劍，魏君唐忙道：「師父，此劍您一向珍藏，徒兒不能收」

無方住持哈哈一笑，道：「貪嗔癡三毒於人無益，我若惦記此劍，無疑是心存癡毒，況且此劍於我無用，希望你能善用此劍，切勿妄殺。」

魏君唐將劍繫於腰際，道：「今日師父贈劍之教，徒兒定當銘記於心。」

無方住持頷首稱是，道：「你行正道之餘，若能少行殺戮，也是天下之福。別耽擱時辰上路，這就去吧，為師還得做完早課。」

他明白師父不願他在此耽擱，於是行了一個大禮，道：「倘若弟子得閒，定會回來探望您。」

只見無方住持將門掩上，低聲回道：「一切有為法，如夢幻泡影，如露亦如電，應作如是觀。緣起緣滅，你不需執著。」

出了寧遠寺，魏君唐特意回頭探望，只見這座古剎寧靜幽然，靜心聽聞，似能聽見無方主持誦經之聲。

這些年疏於養護，寺門長年日曬雨打早已斑駁不堪，而護院圍牆上爬滿了藤蔓，糾結纏繞，觸目驚心。

門口本有立一座石碑，上頭刻字已模糊不清，難以分辨。透過敞開的寺門，遠遠見到性德正灑掃庭院，往年香火鼎盛時，此刻大殿內早已擠滿香客，哪若此時如此淒冷？再看一眼大殿，只覺殿內大佛幽暗無光，不若他幼時初來那樣，老遠便見到殿內大佛金光閃耀。

「緣起緣滅，你不需執著。」魏君唐想起告誡，心裡只覺一陣酸澀，揹起包袱，頭也不回地走了。

一連趕了幾里路，才放慢腳步。

他於幼時便讓父母拋棄在集市，還是讓無方住持見著，帶回寧遠寺收養。出家人無子，且他從未剃度，因此不隨著其他僧人稱呼無方為住持，而是稱他為師父。他雖有幸得無方收養，兼又傳授武藝，但直至成人，甚少有一日欣喜愉悅。

幾次他隨著寺內僧人外出採買，往往見到其他孩童成群玩樂，自己卻獨身一人。

出家人無樂無悲，終日待在寺內，哪會與他玩樂？他所見之人不是誦經禮佛，便是坐禪修行，是以每次外出採買他定要一同前去。

外頭的孩童他雖一個也不認識，但能遠遠地看著他們玩鬧，已是心滿意足。縱然有幾次想上前攀談，總因怕對方驅趕而不敢。

長年待在清心寡欲的寺院中，從未有過玩樂，他每每見到其他孩童笑鬧頑皮，便暗自神傷。

幼時他曾調皮玩鬧，抓取小老鼠綁其尾巴作樂，卻讓無方縱放。每當他捕獲飛禽走獸，屢屢讓無方釋放。

幾次下來，他倒也索然無味。

既然離不開，又沒能玩樂，也正是這樣的機緣，魏君唐自小熟習武藝，如此心無旁騖之下，竟也練就一身高明武藝。

幼時雖覺寺裡無趣，但這幾年出門在外，只覺江湖險惡，不若寺裡平靜安穩。他年紀尚輕，卻已有隱世之念，若不是事情危急不得不辦，只怕他會棄之不顧，不願再淌渾水。

當年他初出寺院，受無方所託，護送太湖幫二小姐回府，豈知半途遇上流星教兩名旗主。當時太湖幫與流星教為爭太湖渡口，借以收取往來過湖渡費，因而大動干戈，流星教得知太湖幫二小姐自寧遠寺禮佛歸家，特意派出兩名旗主連同十多名教眾於半路埋伏，欲脅持二小姐以迫太湖幫就範。沒想到兩名旗主都在一招之內便敗給她身旁的少年，也正是如此，魏君唐從此揚名江南。

離開寧遠寺已久，魏君唐格外懷念這份安穩。他如今名頭響亮，天天都有人來尋他，要麼有事請託，要麼欲一較高下，實是煩不勝煩，惱之又惱，幾次下來乾脆化名外出，省去這些糾纏。他初涉江湖時，無方曾經告誡淡泊行事，如今想來格外諷刺，若非他當初亟欲揚名，不願終日困於寺內，這才使出渾身解數，又兼那兩位旗主小覷了他，才會讓他一夕揚名。遭致如今欲貪得閒空還得躲躲藏藏，一想起此事，不由得嘆氣。

走在官道上，魏君唐將長劍貼身藏於衣袢內。君子雖有配劍之雅，但身懷兵刃孤身上路，遇上官差難免多做糾纏，為除卻麻煩只得小心藏起。

再走幾里，忽聽路旁長草傳來異聲。他學武既久，耳目靈敏數倍於常人，當下聽見聲響，便暗自提防。只是再行一段路程，身邊撥草異聲如影隨形，似是有意跟蹤，他在明敵在暗，不敢貿然探查，只得裝成若無其事繼續趕路，一邊暗自留神，以免對手暴起發難，猝不及防。

正當他遇上岔路時，身旁的長草突然走出一人。原本以為草叢那人有意為難他，才會時時留神，片刻不敢走岔了心思。沒料這人一身狼狽走出長草叢，抬頭見到魏君唐，神情一愣，甚是吃驚模樣。

魏君唐防備多時，這時見到那人模樣，也不禁一怔。那青年約莫跟他一樣年紀，身穿盤領衣裝，頭頂還纏了一條皂羅巾，面白如玉，模樣甚是俊美，一身白衣盡覆塵土，多處汙黑，衣褂下擺還微濕，樣子極是狼狽。

「冒犯閣下了。」那青年迅速鎮定，雙手一拱說道。

對方言行甚是有禮，魏君唐抱拳回道：「不打緊，公子無恙吧？」

青年面露苦笑，道：「方才我走岔了路途，迷失於草叢間，若有冒犯，還請海涵。」

魏君唐見他裝束並非宋人，便道：「不敢當，聽閣下口音，可是北方人？」

青年作了一揖，道：「是，在下徐萬嚴，乃是開封府人，正要前去臨安。」

魏君唐不願自報名號徒留擾煩，便以化名回應，當下回禮，道：「在下魏明何，正是臨安人，徐兄要往臨安，或許我可代為指引。」

徐萬嚴露齒而笑，道：「如此甚好，在下便厚顏一回，有勞魏兄。」

魏君唐自幼在寺院裡薰陶，言行舉止彬彬有禮，自從出入江湖後，終日與武夫為伍，甚少與讀書人家接觸。今日見到徐萬嚴如此有禮，似是一名讀書公子，甚有好感，加上自己也要前往臨安府，便答應相助。

「此地往南便可直通臨安府，眼下還有一段路程，徐兄一身落拓，不如在前面寺院休息一宿，明早便可到都城。」魏君唐說道。

徐萬嚴行禮回道：「一切有勞魏兄，但憑安排。」

兩人一路暢談，頗為快意。魏君唐這時才知，原來徐萬嚴在金國乃是大戶人家，他自小便嚮往南宋繁華，這次前去臨安，為的便是一睹臨安的繁榮熱鬧。魏君唐見他口乾舌燥，便取出水袋供他飲用。徐萬嚴當下也不客氣，捧著喝下半袋，這才罷休。

「徐兄這次前來大宋，何以身邊不帶隨從？」繼續上路後，魏君唐問道。

徐萬嚴尷尬一笑，道：「我嫌他們太過礙事，便遣走他們。」

魏君唐愕然，道：「這幾年道上不甚太平，尤其邊界猖狂已極，恕魏某冒昧，徐兄此舉太不明智。」

徐萬嚴連連稱是，道：「魏兄見教的是，是我疏忽了。」

魏君唐見他謙遜回應，連忙道：「不敢，在下並無指責之意，只是徐兄一人孤身上路，恐怕不妥。」

徐萬嚴笑道：「我見魏兄也是獨身一人，想必宋境太平得很。」

「這……這全因在下熟知此地，才敢如此大膽，一般商客旅人多半結伴而行，或僱請武師護衛，似我這般大膽的，實在少數。」魏君唐身懷武藝，便獨來獨往慣了，為了不洩漏身分，只好編造理由搪塞。

徐萬嚴道：「原來如此，我本以為魏兄習過武藝，才敢孤身上路。」

魏君唐打了一個激靈，他處處留心自己，不致暴露，沒想到被他一眼看穿，難免訝異此人的眼力。雖然如此，他仍舊面色不改，淡淡笑道：

「在下不過學過幾年粗淺功夫，若要憑此往來縱橫，還差得遠了。徐兄眼力真好，想必也曾學過武功？」

徐萬嚴哈哈笑道：「我騎馬射箭還行，若要說到武功，可就半點不通。方才我是見魏兄貼身藏著兵刃，這才多做猜測，還請魏兄不要見怪。」

魏君唐一聽，暗自放心，笑道：「君子有配劍之雅，若讓官差見著，難免多做盤查困擾。徐兄見微知著，令在下佩服。」說著同時，將配劍取出。

徐萬嚴哈哈大笑，當他見到禪念劍，笑聲漸消。

徐萬嚴蹙眉道：「我見這把劍劍鞘樸實無華，鞘身上頭的雕飾有的崩落，有的因手握日久，隱有消抹之態，年歲已久，想必是把好劍。」

魏君唐心底一驚，他見徐萬嚴不過瞧上一眼，竟能分析通透，深覺此人不簡單，當下笑道：「徐兄這等眼力，真是在下所不及，此劍乃是我師父所贈與，實不相瞞，我略懂劍術，卻不懂劍之好壞，這劍由我所持，也算是糟蹋了。」

徐萬嚴微微一笑，道：「魏兄自有一股風範，所謂近朱者赤近墨者黑，劍也是相同道理。劍有其劍性，倘若魏兄能熟知此劍劍性，想必功力能更上一層。」

兩人一路談笑，甚是快意。魏君唐沒到過北方，徐萬嚴則對他細說金國生活，讓他聽得心神嚮往，再逐一比照大宋生活，果有不少出入之處。如此走走聊聊，於日落前，終於來到一間小寺院。

「我往來臨安經常借居此地，請了。」魏君唐立身門前說道。

徐萬嚴瞧了一眼門匾，念道：「金剛寺。」隨即又道：「想不到這樣一間小小寺院，卻是取了這樣正氣凜然的名頭，可有一種名不符實之感。」

魏君唐正色道：「徐兄千萬不可這麼想，要知此寺是由嵩山少林金剛堂首座空然大師所創，萬不能褻瀆。」

徐萬嚴面露愧色，道：「是，是我冒犯了，不明其故還大放厥詞，讓魏兄笑話了。」

魏君唐道：「魏某並非有意教訓，只是今日我們借居此寺圖個方便，不好因此得罪了裡頭住持。」

徐萬嚴點頭稱是，道：「是，徐某明白了。」

兩人到了寺門，一名僧人雙手合十迎上前，問道：「兩位施主可是要禮佛麼？」

魏君唐表明借居之意後，讓僧人領到客居廂房。

兩人分住兩間廂房，魏君唐才將行李整理妥當，徐萬嚴便來敲門。

「徐兄真是好興致，若你不覺疲累，我便帶你四處看看。」魏君唐笑道。

徐萬嚴聞言也是一笑，道：「正有此意。」

金剛寺院落不大，不過分成前庭、中殿、後廂房三部分，前庭供香客休憩，中殿又分若干小堂，而後廂房便是寺內僧人，以及掛單遊僧、香客居住之處。

不過一刻鐘，兩人便將整座金剛寺逛遍。

「金剛寺雖小，樓房寶殿卻甚新。」徐萬嚴道。

「當年空然大師因金國南下，因此自少林院出走，遊歷至此地，相中此處地勢，建了這座金剛寺。創寺說來不過幾十年，才得以如此嶄新。只是金剛寺建成不久，空然大師便圓寂，目前寺內的主持是師弟空寂大師。」魏君唐回道。

徐萬嚴問道：「空然空寂兩位大師源自少林一脈，想必武功造詣不凡。」

魏君唐搖頭道：「這點我倒不知曉。」

再聊一陣後，兩人便回房用素餐。入夜無事，於是早早就寢。

翌日一早，魏君唐起身後，前去敲響徐萬嚴房門，在外頭候了一陣，卻是無人應門。

一名僧人見魏君唐候在門外，便道：「徐施主一早便到住持房前求見了。」

魏君唐道謝後，前去住持廂房尋人。還沒走近，便聽得有人談笑，待魏君唐穿過一個進院，便見到空寂和尚與徐萬嚴正在下棋。

「徐施主從未下過棋，第一次便如此上手，老僧甚感佩服。」空寂持子以待，點頭稱許。

「大師過獎，所謂人生如棋，在下不過投入其中靜心思索，以尋求生之道。」徐萬嚴笑道。

空寂模樣吃驚，道：「徐施主年紀輕輕，能悟出此等道理，真是不容易。魏施主，既然來了，何不進來坐坐？」

聽聞招呼，魏君唐自是一驚，他不願驚擾空寂，於是收斂心神靜心等待，沒想到仍給發覺。

既已打擾，魏君唐便依言入內。

二、世事如局

魏君唐上前行禮招呼後，尋了位子就座。

棋盤上黑子雖眾，但白子負隅頑抗，一時之間難分高下。魏君唐略懂棋藝，見徐萬嚴所持黑子甚為鬆散，一旦損失犧牲雖小，卻難以求勝，反觀空寂和尚所持之白子，負隅頑抗之際，竟能嚴加守護，若僵持到後來，可立於不敗之地。

只見徐萬嚴起初還能微笑以對，後來漸漸收斂笑容，面無神色，最後凝神嚴肅，一對劍眉緊緊鎖著，一語不發。

兩人對弈不過半刻鐘，徐萬嚴額頭上已是汗珠密布，一顆顆落在桌上，咚咚有聲，全然沒有方才瀟灑模樣。

「徐施主第一次下棋便有這樣的功力，著實難能可貴，老僧提議不如就此罷手？」空寂和尚見他面容猙獰，於是說道。

徐萬嚴勉強一笑，道：「或有解決之道，住持不妨給在下一點時間。」

空寂低念一聲佛號，道：「徐施主懷有心結，只怕不易通過魔障。」

三人靜默好一段時間，只見黑子突然殺出，直取白子力弱之處。魏君唐見狀心裡打一個激靈，此招甚是兇險，白子萬難能抵擋，恐怕就此扭轉局勢，轉危為安。

「阿彌陀佛，好重的戾氣。雖說人生如棋，自當盡力而為，但徐施主如此積極進取，只怕誤入歧途。」空寂和尚面色凝重，憂心忡忡地說道。

「人生在世，譬如朝露，若然能一圖宿願，也就不枉此生。」徐萬嚴面色漸趨和緩，淡淡地道。

空寂和尚輕嘆一聲，持子而下，只出一子，便將徐萬嚴的黑子殺折一片。

「怎會如此？」徐萬嚴一怔，久久才吐出一句話。

「徐施主過於急功近利，以致見不到自身疲弊之處。施主當放眼大局，莫求一己之私，自會柳暗花明，尋得出路。」

魏君唐略識棋藝，看出徐萬嚴已無逆轉之能，對空寂能一招扭轉局勢，甚是佩服。

大局既定，徐萬嚴亦非心眼狹小之人，當下起身作揖，道：「與住持對弈收獲良多，徐某他日若得空閒，定然再次造訪，與住持再對弈一盤。」

空寂點頭道：「老僧自當歡迎。魏施主，能否借一步說話？」

魏君唐一愣，道：「是。」

不打擾兩人談話，徐萬嚴道：「魏兄，我在大門等候。空寂大師，他日我將再次造訪，後會有期了。」

空寂道：「阿彌陀佛，徐施主乃是大智慧之人，老僧預祝施主往後一切平安，衝破魔障。」

徐萬嚴面容微笑，轉身而去。

他一路出了金剛寺，在寺門口等候魏君唐。

等候之餘，從懷中掏出絲帕擦拭面額，想起方才的棋局，額上又微微出汗。他自忖準備周全，傾全力攻敵之不備，不料只一招即給殺得大敗。此番南下之行，不過初來幾日，便碰得灰頭土臉，令他不禁苦笑。

初陽升起，朝露離散。不過剛進卯時，徐萬嚴便覺炎熱不堪，於是躲入樹蔭之下，免受烤曬之苦。

「難道我毫無勝算？」他心繫方才的棋局，這時又回想起，左思右想卻毫無得勝的機會，白子攻勢雖弱，卻穩固一角，他的黑子眾多，半點也沒法討好。想到此處，他心煩意燥，頗為苦惱。

「讓徐兄久候，真是對不住。你沒事罷？」魏君唐一出大門，見到徐萬嚴面容愁苦，不禁問道。

徐萬嚴回過神來，微微一笑，道：「不打緊。我是思索方才棋局，這才想岔了神。」

魏君唐哈哈一笑，道：「徐兄，佛經上有云：萬般皆是苦。既然人生苦多，當應樂在其中，勿為小事傷神。」

徐萬嚴哦了一聲，問道：「魏兄可是通熟佛學？」

魏君唐笑道：「不敢，在下自幼在寺院裡長大，終日聽得誦經聲，對於佛學認識粗淺，談不上通熟，真要在修行僧人眼中，那是不值一哂。」

徐萬嚴又問道：「我在開封府時，曾聽過這裡有一位江南少俠，名叫魏君唐，與魏兄同是本姓，不知可曾見過？」

魏君唐面不改色，道：「這位江南少俠，多半江南人士都曾聽聞，只是我無緣見得。想不到徐兄在開封也聽過此人名號。」

徐萬嚴笑道：「開封往來商客眾多，況且這幾年江南少俠的名頭甚是響亮，我便耳聞一二，關於這位江南少俠，我聽說也是長於寺院中，與魏兄頗為相似。」

「臨安附近寺院道觀眾多，出家人慈悲為懷，扶養幼少這事倒也不希奇。」魏君唐神情不改，淡淡笑道。

徐萬嚴道：「那是，我聽聞嵩山少林寺這幾年經常廣發積糧，救助貧苦百姓，確實是慈悲為懷。」

兩人邊趕路邊聊，不多時便到了臨安城。

臨安乃是大宋國都，徐萬嚴初來乍到，瞪大了兩眼仔細瞧看。只見城牆聳立，上頭旌旗密布，還沒進城，便覺雄偉壯麗，不愧為大宋都城。

通過餘杭門關卡後，魏君唐道：「天色尚早，徐兄我帶你上茶館吃茶。」

臨安茶館頗負盛名，徐萬嚴自然是嚮往已久，當下便連連稱好。

徐萬嚴第一次進到臨安城，只覺熱鬧不已，往來商販極眾，商號密布於市街兩側，人人比肩接踵而行，瞧得他目瞪口呆。

魏君唐道：「徐兄隨我走好，這裡人多，可得小心腳步。」

生於開封府的徐萬嚴，雖是金國都城，卻也沒見過這般景況。「臨安果真如人所說熱鬧繁華，如今我可大開眼界。」他心裡暗道。

魏君唐熟門熟路，一路閃避人群直往偏僻巷弄而去，幸得他時時注意徐萬嚴，才不致讓他走失。

只見兩人一前一後穿梭於人群之中，幾次徐萬嚴見到擦身而過的商號所販之物有趣，無奈停不得腳步，只好暗自記在心上，好回頭再來細看。

臨安城裡的茶館酒肆，大多集中於御街後段，距餘杭門不遠，只是路上人潮太多，以致兩人費了好些功夫才到。

「徐兄，就是這裡了。」

徐萬嚴一路與人擦肩推擠而來，卻無疲累之感，只見他精神奕奕，道：「真不愧是臨安，才能這麼熱鬧。」

「我們進去再說。」

徐萬嚴稱是，理理衣裝後，隨同魏君唐入內。

魏君唐才撥開門簾，掌櫃已認出他來。他每次一到臨安，便要來這喝茶，是以掌櫃小二人人識得他。

「呦，魏公子來了。」掌櫃一見他來，便大聲吆喝。所幸茶館裡人聲鼎沸，倒也不至於受人注目。

魏君唐不習慣掌櫃如此招呼，只是這間茶館的茶特別好喝，才讓他時常流連。當下他微微一笑，道：「張掌櫃，兩張位子。」

張掌櫃又高聲喚來小二，讓小二領他倆前去入坐。

魏君唐特意選了角落位置，問道：「徐兄平時喝茶可有愛好？」

徐萬嚴道：「這倒沒有，我初來乍到，還請魏兄拿主意。」

「甚好。」魏君唐向小二點了一壺香片與七寶擂茶外加菊花。

「這裡的茶博士手藝精湛，這壺七寶擂茶可得另外加上杏花一起吃，人說齒頰留香，便是如此。七寶擂茶通常冬天才有機會吃得，不過這間茶館四季皆有，讓徐兄有機會一飽口福。」魏君唐道。

徐萬嚴一聽，心裡便有所期待，道：「那我得好好嘗嘗了。」他生於金國大富之家，卻甚少飲茶，一年到頭不過五六回，比之臨安城內的平頭百姓還不如了，才讓魏君唐一說，便滿心期盼著七寶擂茶究竟是怎麼個香法。

待小二將茶送上，徐萬嚴便覺一陣芝麻杏仁香氣撲鼻而來，定眼一瞧，卻是一碗粥。他瞠目結舌，道：「魏兄，不是七寶擂茶麼？怎麼是一碗粥？」

魏君唐笑道：「七寶擂茶乃是用吃的，我們大宋吃茶得多，喝茶的少。」當下捏起筷子將菊花夾入碗內，混入茶粥之中，又道：「徐兄不妨嘗嘗，香得緊。」隨後向小二要了一只杯子，斟了一碗香片遞給徐萬嚴。

他喝下半壺香片後，正要喚小二欲點些茶食，卻見小二上前，低聲道：「魏公子，外頭有人找您。」

魏君唐一怔，低聲道：「好，我馬上過去。」接著又向徐萬嚴說道：「徐兄，外頭有人尋我，我去去便來。」

徐萬嚴吃得津津有味，連聲說好。

他心底尋思是誰不可得，便舉步而出，一探究竟。

徐萬嚴乃是第一次吃茶，以往在家中曾喝過幾次茶，茶水雖香，每每喝完總覺嘴裡發澀。他從未吃過茶，今日吃起七寶擂茶甚覺味道甘美，因此在熱天裡，吃得滿身大汗。

待他吃罷一碗茶粥，魏君唐也正好回來。

「徐兄，還合胃口麼？」魏君唐入座後問道。

徐萬嚴自是讚不絕口，頻頻點頭，連聲稱讚。

魏君唐道：「既然徐兄喜歡，那是再好不過。不知道徐兄之後有甚麼打算？」

「我在臨安城裡走走逛逛，過幾日再回去。」徐萬嚴道。

魏君唐點頭，道：「眼下魏某有急事要辦，無法分身顧及徐兄，要不我找位朋友陪著徐兄遊歷遊歷？」

徐萬嚴連忙搖手，抱拳道：「能結識魏兄，實乃徐某榮幸，這兩日承蒙魏兄援手，又豈能繼續厚顏，我獨身一人遊逛這臨安城，也算愜意，不必勞煩魏兄操心。」

魏君唐回禮，道：「我本欲帶徐兄一遊京城，可惜分身不暇。假若徐兄遭遇麻煩情事，不妨至金剛寺託人尋我，我必當前來相助。」

兩人又寒暄一陣，魏君唐結清茶錢，這才匆匆離去。

魏君唐一出了店門，當即有人迎上前。

「魏公子，這邊請。」那人低聲說道。

魏君唐「嗯」了一聲，隨同他拐入小巷之中。

一路上身旁商旅嘈雜擁擠，兩人卻默然無語。一陣左拐右繞，那人將魏君唐帶到一間民居前，轉身探看四下無人，細聲道：「到了，請公子速速入內。」

魏君唐也不答話，直接推門而入，迅速將門掩上。外頭日光烈炎，屋裡卻一點燭火也沒有，魏君唐進屋後，只覺兩眼白光閃爍，直到適應屋內漆黑，這才看見桌旁三人。

三位圍桌而坐的漢子，他自然識得。左首乃是常州李世南，中間為葉花門掌門趙宏至，右邊則是天劍門程謙牧。

這三人皆是江南大家。

李世南生得方正大臉，一對銅鈴大眼，眉毛甚是稀疏，雖坐在椅上，卻仍可見其魁梧身形，身上綢緞衣袍熨燙齊整，模樣身是威武。

而趙宏至兩眼精光四射，身材瘦弱，臉上顴骨隆起，穿上一身淡藍衣裝，飄灑至極，頗有出世之感。

至於程謙牧，圓潤大臉，笑容可掬的模樣，令人懷有好感，他身形本已微胖，又搭一件寬鬆長袍，猶如一團肉球，令見者時常忍俊不住。

三人俱是年過半百，按禮數便是魏君唐的長輩。魏君唐面容含笑，上前一一行禮道：「君唐見過三位前輩。」待三人點頭後，他才入坐。

坐下之後，趙宏至也不寒暄，直接開門見山，說道：「歸元門首領已入我大宋，魏少俠可是知情？」他加重「少俠」二字，自然是刻意為之。

魏君唐面有愧色，道：「晚輩知情，當日君唐率眾前去攔截，因錯估情勢，以致未能得手。」

趙宏至寒著一張臉，道：「既然如此，魏少俠還有心思在茶館裡閒坐，當真愜意得很。」

趙宏至一向公私分明，於他眼中向來是非分際清楚，魏君唐早已知曉，只是今日如此咄咄逼人，倒令他語塞。

程謙牧見趙宏至一上來便不留情面，詫異之餘，連忙打圓場，道：「趙兄弟，正所謂人有失手，魏老弟也是為了此事終日奔波，咱們不必過份苛責。」

李世南雖然對此次失手頗感失望，仍舊附和程謙牧，道：「不錯，此事我已查明白，乃是君子門陳無常錯估情勢，才會導致這次失利。」

趙宏至面寒依舊，冷冷地道：「用人不當，也是魏少俠之失。」

魏君唐低著頭，道：「是晚輩有錯。」

程謙牧看他毫無罷手跡象，又道：「嗨，趙兄弟，既然人都跑了，何必窮追猛打，你在這裡追究，也不能將人給追回來。」

李世南接道：「眼下最重要，便是將這幫探子尋出，以免多惹事端。」

趙宏至面色稍緩，道：「是我心急了。」

當年趙宏至獨子趙劍楚剛滿三十歲，憑藉一手拂花劍縱橫南北。一年歲末三十，天色暮晚，趙家上下仍不見他歸家。眾人本以為他路上貪玩，因此不以為意，心想團圓飯開飯時，他總該回來一齊吃飯。

沒想到了開飯之際，卻依舊不見他身影，這下葉花門上下便著急了。趙宏至的大弟子劉思忠素來與他走得近，心知他定然有事才會遲不歸家，於是點派人手欲出門尋找。

剛點好人手，便聽得有人來報，眾人一瞧，卻是幾名仵作送回趙劍楚屍身。當下滿堂眾人大驚失色，趙夫人見兒子慘死，太過悲慟，從此大病不起。而趙宏至盛怒之下，追問兇手，這才知道兇手乃是金國歸元門。

趙劍楚跟蹤對手月餘，終於在大年三十探得歸元門於大宋據點，他自恃武藝過人，便獨身一人潛入，欲一網打盡，豈料賊眾早有準備，他才潛入即身陷囹圄，遭受亂劍戮死。

趙宏至查看屍身，見到他胸口遭刻「葉花絕技不過爾爾」八字，他盛怒已極，若非劉思忠阻止，險些失手打死送來屍首的六名仵作。

此事涉及宋金兩國，宋朝國事疲弊，官府因此不敢作為。從此趙宏至日夜盼念，期望有生之年，盡滅歸元門。

聽聞趙宏至說明，其餘三人才知他為何惱怒。魏君唐道：「歸元門侵害我大宋已久，晚輩以為，此次歸元門首領入我大宋，未嘗不是契機。」

李世南沉吟道：「且說來聽聽。」

魏君唐恭敬回道：「是，晚輩以為歸元門禍害已久，定然有其據點於此，若非如此，何以這些年往來頻繁，卻探查不得？」

趙宏至道：「不錯，劍兒便是潛入據點，才會事發身死。」

魏君唐又道：「狡兔尚且置有三窟，歸元門身負顛覆宋室之責，又豈會只尋一處據點？如今我們放他們進來，正好藉機一網打盡。倘若不能一網打盡，擒了帶頭之人，也是相同意思。」

程謙牧點頭稱善，道：「此計可行，時間一長，這些賊眾自然現身。」

李世南稍稍遲疑，道：「老夫以為這條計謀雖好，只是如何引出這些人？若他們遲不現身，咱們也不能一起耗著。」

魏君唐輕輕一笑，道：「晚輩已有一計，只是得請三位前輩相助。」

當下他將計策娓娓道來，三人聽罷，連聲叫好。

待出了民屋，天色已是微暗。這時魏君唐肚皮咕嚕作響，他才發覺一整日尚未進食，幾番波折之餘，肚餓難捱。

天色向晚，臨安城漸漸熱鬧，許多商號紛紛在店門口掛起燈籠，一些酒館與瓦子的店主派出跑堂在大街上吆喝，各自招攬商客，景況熱鬧不下於白天。

白天在街邊販售青菜生鮮的小販，入夜之後，全各自撤走，大街上頓時曠闊。不少姑娘家用過晚膳，便偕同家人奴僕，戴著蓋頭，手提燈籠出來遊玩。

夜裡街邊販子多賣些吃食或是日常用品，經常得見一大群人圍著攤子仰碗吃食，或是姑娘家繞著髮飾攤位打轉。臨安城裡的姑娘，縱是貧苦人家，總得有一兩件精美頭飾，若遇重大節慶，說媒相親，便可派上用場。因此小飾攤位一到夜裡，攤主一掌起燈開始，便聚滿了姑娘家，爭相挑選中意的髮飾。

魏君唐每每見狀莫不莞爾，今日他急於返家，不願多作逗留，不過街上人潮湧現，他閃躲提燈時，便往那小飾攤位靠去。

那攤主見他上前，連忙抓著他臂膀，笑道：「公子可是要挑選飾品？不如挑一副給送給夫人。」一般漢子拉不下面子，大都不講價，又不似姑娘家東挑西揀，往往爽快付帳，因此攤主見到魏君唐靠上來，便殷勤招呼。

他尚未成親，又不諳挑選的法門，連連搖手說不。但那攤主乃是生意人家，見人上門自然不肯放過，拉著他頻頻糾纏，惹得其他姑娘們掩嘴竊笑。

明白拗不過他，魏君唐便道：「好吧，你給我挑挑。」

小販忙不迭地點頭，挑了一副翠綠金鈿，遞給魏君唐。

魏君唐看也不看，付帳之後，收至懷中，趕忙離去。

他一路趕回家，直到家門口，才放緩腳步。雖又疲又餓，仍是輕聲敲門。

開門的是一位女子，一身淡雅裝束，臉上脂粉未施，卻甚是秀麗。她一見是魏君唐，笑靨如花，喜道：「魏少爺好久沒回家了。」

她名叫蘇花微，是魏君唐一次經過天香閣，從嬤嬤手中救下的孤女。她一家本是定居在金國，不堪苛捐雜稅，因而逃來宋境，逃亡途中遭遇匪盜，男人全給殺折了，餘下女子便給送至臨安府附近的青樓。當時她在大街上與嬤嬤拉扯，教魏君唐給撞見，這才贖了回來。

魏君唐無所畏懼，最難捱肚餓，他一進門便道：「花兒，我餓得緊，晚飯妳吃了麼？」

花微輕輕一笑，道：「早吃過了呢，飯菜還熱著，我給少爺拿來。」

「甚好。」魏君唐將禪念劍掛好，喜道。

用罷晚飯，花微又送上香片，他只覺身心舒暢，有說不出的愜意。他從懷中取出翠綠花鈿，道：「花兒，我今晚路過小攤，順道買了一支金鈿，妳瞧瞧喜不喜歡？」當下從懷中取出金鈿交給她。

花微臉上一紅接過金鈿，卻沒簪上。

「怎麼？不好看麼？」魏君唐看他沒立時簪上，問道。

花微喜不自勝，道：「這翠綠金鈿好看，我捨不得簪上。」她誤以為魏君唐贈物別有用意，為此欣喜不已。

魏君唐微微一笑，道：「妳若喜歡，那是再好不過。」他將茶端至鼻前，靜聞香片氣味，忽爾想起一事，抬頭問道：「這幾日有人尋我麼？」

花微捏著翠綠金鈿兀自高興，聽得他問起，方才回神，道：「昨日金剛寺的和尚送來名帖，上頭署名葉花門趙掌門。」

魏君唐點點頭，道：「今日我已見過趙掌門將事情完結。還有其他人麼？」

花微轉身從櫃中取出名帖，一張張翻開，道：「前些天還有山東無憂門劉師傅、臨安鐵拳館林師傅、流星教何旗主、紹興府錢老爺都投來名帖。」

一聽這麼多人尋他，魏君唐甚是頭疼，苦笑道：「想不到我剛走幾天，便多了這麼多人。花兒，你尋一天到金剛寺，請住持代為回信，說我出門在外，尚未歸家。」

花微嘻嘻一笑，道：「知道了少爺。」

魏君唐自成名已來，每日總有人求見。他離開寧遠寺後，曾小住金剛寺一段時日。居住日久，漸漸有些人找上門來，有時一天數起，空寂和尚雖稱無妨，他卻心裡過意不去，不願打擾出家人清靜，因此在臨安城內租賃一間民居藏身。除空寂之外，無人知他居所，因此名帖便投往金剛寺，若是救助孤苦，魏君唐便私下前去幫助，餘下那些請求賜教的帖子，他便請花微推稱出門遠行，尚未歸家。

正因如此，他名氣雖響亮，卻沒幾人見過他的模樣。

疲累一天，魏君唐早早便就寢，獨留花微一人在燭光中把玩金鈿。

幾日後，魏君唐放出風聲，昭告各方人馬，言明太祖藏寶圖在他手裡，一時之間，臨安城上下動盪。

早在風聲傳開之前，他便已修書兩封，一封寄至寧遠寺，秉告師父無方和尚，將事情始末告知，請他心安。

另一封則是託花微送至金剛寺，除將前後始末詳述之外，並請空寂和尚多多擔待，一同協助擒拿事宜。

待收得兩封回信後，魏君唐便命人傳開謠言，欲逼出歸元門首領。

此事關連極大，不只江南武林震動，連帶驚動了官府。臨安府提拿司派出提拿使奉命追查此事，宋室偏安一隅，畢竟軍備上耗去不少庫銀，因此務求追拿到藏寶圖，以解庫銀不足之苦。提拿使廣發緝拿告示，欲捉拿魏君唐，他從未犯罪，官衙裡無人識得，更遑論請畫師繪製他的肖像。

既然沒有肖像，官衙只能張貼告示，教百姓們留意名叫魏君唐的匪徒。如此舉動，正中他下懷，魏君唐本欲將事情鬧得開了，才能逼迫歸元門出手，沒想官府動作之快，比起他所發佈的謠言更為迅速，實是他始料未及。

他自覺謠言已全城皆知，於是帶上花微，準備上茶館探查近來的消息。

街上商客多如繁星，兩人好不容易來到茶館，他伸手拉開門簾，當聽張掌櫃高聲叫喊，道：「魏……喂，小二，有公子上門，快快指引。」

由於臨安城經魏君唐這麼一鬧，人人是談魏色變，大街上再無人相稱姓氏，以免姓魏的人家遭喬裝成百姓的官差捉去，雖不至死，但也少不了一陣皮肉疼痛。是已沒人敢再相稱姓氏。也正是此因，一時之間癩痢三、刀疤九、小狗子、大牛二牛這些小名紛紛出現，眾人在街上所喊的，俱是這樣的小名，不過名有重覆，小名更是如此，往往在大街上高喊一聲小狗子，便有數十人一齊回應，情況甚是滑稽，引得在場人人發笑。

張掌櫃習慣一時未能改過，險些曝露姓氏，所幸他已化名魏明何，沒讓掌櫃知曉他便是人人急欲追拿的魏君唐。

兩人入座後，點了一壺香片與幾樣點心。茶一送上，花微知道魏君唐嗜香，因此在茶裡多添菊花、茉莉等花瓣，增加香氣。

魏君唐入座後一語不發，靜聽周圍談話。

「最近這出入關卡特別嚴，我早上過餘杭門，給官差盤問後才肯放行，剛才回來又讓他們盤查，把我家上下三代全給問遍了才肯放人。」鄰桌一位大臉漢子說道。

「可不是麼，我昨天出城也是一樣道理，聽說是要捉拿一人名叫魏君唐，所以大夥兒全受累。」另一名長臉漢子回道。

「王八羔子，這傢伙犯了啥勾當，累的咱們生意難做，這樣盤查誰還肯往城外送貨？」大臉漢子罵道。

長臉漢子聽他問起，低聲說道：「聽說他拿了府衙庫銀，所以才給官府追拿。」

「庫銀？不是讓重兵把守麼？」大臉漢子不明道理，於是問道。

聽他聲音宏亮，長臉漢子手指貼唇，罵道：「小聲點兒，這會兒官府派出許多官差混入京城各地，你這麼大聲嚷嚷，教他們聽見了，少不得皮肉挨打。」

大臉漢子微微吃驚，道：「王八羔子的，這麼厲害？」

長臉漢子蔑然一笑，低聲道：「你才知道，據說他一個人，便拉走了五六車黃金。」

大臉漢子吃了一驚，罵道：「他娘的！姓魏的雜種全一人吞了麼？」

花微見他屢罵魏君唐，心裡忿忿不平，撇頭卻見魏君唐暗自竊笑，於是問道：「少爺，你笑甚麼？他們太無禮了。」

魏君唐對她輕輕一笑，道：「不打緊，不知者無罪，況且此事是我一手策劃，由著他們去吧。」說他盜竊庫銀，但魏君唐從沒同夥，如何一個人拉走五六車黃金？單單一車黃金也要七八名壯漢才推得動，更何況是他們所說的五六車。一想到此處，不禁莞爾。

花微嘟著嘴，心底生著悶氣，不發一語。

只見那大臉漢子罵罵咧咧的，罵得口沫橫飛，這才甘心罷休。

「我說大牛，你這張大嘴是遠近出名的，這庫銀的事情，可千萬別向其他人提起，不然到時……」長臉漢子細聲說著，左手比了個殺頭模樣。

大臉漢子神情不耐煩，連連說好，問道：「姓魏的將黃金藏哪，你知不知道？」

長臉漢子瞪了他一眼，沒好氣地道：「我知道了還陪你在這吃花生米？人如其名，你真條蠢牛。」

大臉漢子也不惱怒，喜孜孜地道：「我要是能偷得一車半車黃金，就將天香閣的姑娘全買下來。」

長臉漢子白他一眼，道：「就憑你？小二，結帳！」

兩人離開後，心微仍舊氣憤難平，撥開蓋頭，道：「少爺，他們太無禮了。」

魏君唐挾起一塊綠豆糕點給她，笑而不答。

＊　＊　＊

午後驕陽炙人，天劍門一行人自臨安驅車回紹興府。

「前面茶店歇歇。」坐在車裡的程謙牧燥熱難當，頻頻以手巾擦拭汗水，拉開門簾見到路旁有茶店，於是吩咐說道。

車隊乃是由天劍門大弟子陸東聲所領，他聽得師父吩咐，便吆喝大夥兒放慢速度，停在路旁。

臨安府附近的官道上，茶店驛站密布。有的上蓋兩層，樓下乃是大堂，樓上則為休息過夜房間。而有的則是茅草頂蓋，店內擺上幾副桌椅，堪能遮日避雨罷了。此時天劍門眾人所見的茶店，便是這種茅草頂的小店。

「店家，來兩壺好茶，再打三斤酒。」陸東聲伺候師父入坐後，向著櫃檯吆喝。幸得店裡無人，他們一行人共十二人，恰恰將三張桌椅坐滿。

那掌櫃乃是一位駝子，顫顫巍巍地，喚來小二幫手。只見他打酒的模樣甚是不利索，幾次都對不準酒壺開口，灑了一地。

陸東聲見狀，對著師父笑道：「師父，你瞧那掌櫃的，手抖得厲害，自己開店，只怕平日也喝了不少酒，才會如此。」

程謙牧「嗯」了一聲，拿起手巾不停地拭汗。見店裡甚是簡陋，當下環顧四周，心中隱然覺得不妥，卻毫無頭緒。正當小二將酒水送上後，他登時明白。

「誰都不許喝！」程謙牧大吼一聲，震動整座茶棧。不只掌櫃與小二，連帶所有天劍門門人全僵立當場。陸東聲心中疑惑，愣了一陣，道：「師父？」

程謙牧沒搭理他，笑著一張臉，道：「掌櫃的。」他本就福態，如今又笑容滿面，直如寺裡老僧一般，慈悲又和藹，只是在節骨眼上，人人均是丈二金剛，全摸不著腦袋。

那掌櫃乾笑兩聲，靠上前去，道：「老太爺，這酒不好麼？」他乃是駝子，靠得程謙牧甚近，於是歪著頭仰看他。

程謙牧笑咪咪地道：「甚好，你們這幫鼠輩也喬裝的甚好。」話一說完，當即一掌往他腦門拍落。

此番變故太疾，眾人一陣驚呼，眼睜睜瞧著那掌櫃要給師父一掌打死。沒想那掌櫃是假駝，當下一個側身，連忙往旁滾開，身法之速，連陸東聲也自嘆弗如。正當那假掌櫃欲站直身子，卻因背上束縛太緊，沒法挺直腰桿。加上程謙牧第一掌乃是虛招，他隨後再出左掌，按上假掌櫃的胸口，只聽得輕哼一聲，便撞上櫃檯邊，睜眼而死。

事發突然，天劍門門人大呼一聲，亂成一團。陸東聲首先鎮定，罵道：「慌甚麼？結陣！」話一出口，所有人一齊拔劍，「唰」地一聲長鳴，五人一組結成劍陣。

程謙牧笑吟吟地，道：「你們這店裡的酒水，可是不純吶。」話才說完，便抓起酒壺往店小二扔去。那店小二見酒壺飛來便要閃躲，只是程謙牧手上運起陰勁，那只酒壺飛到半途便裂散開來，酒水如雨一般澆在小二身上。只聽他慘叫連連，東蹦西跳地，不多時便沒了聲息。

陸東聲見劇毒如此，不禁咋舌，心道幸得師父精明，否則此刻早已身亡。

程謙牧連殺兩人，不過轉瞬之間，他聽得附近草叢微有聲息，吼道：「全滾出來。」一聲響之大，連帶震得茅草頂蓋簌簌作響。

埋伏的人馬見事跡敗露，一聲哨聲，便全現身，將小店團團圍住。

一共二十多人將茶店圍住，個個皆是灰褐的補丁衣裝，下著短褲，腳穿草鞋，一身鄉村野夫的打扮，與尋常農人腳伕無異，但面容全讓黑巾蒙住，瞧不出長相。其中一人以白巾覆面，想來便是領頭之人。

白巾漢子見到兩名手下慘死，不怒反笑，道：「程掌門厲害，我們這些鼠輩果然逃不過您的法眼。」

程謙牧笑臉依舊，只是眉心緊聚，似笑似愁，有說不出的滑稽。他淡淡地道：「閣下在此伏擊，難道目無王法？」

那人恭敬地道：「不敢。」

程謙牧哼了一聲，道：「如此大費周章，不會是只想請程某人喝酒喫茶吧？」

白巾漢子道：「程掌門料事如神，斷然能明白我們意欲為何。」

程謙牧冷冷一笑，道：「我從不跟鼠輩打交道，如何知道你們心思。瞧你們髮式，只怕你們是從北方過來的吧？」

雖見不到那漢子的面容，但見他兩條眉毛微微一動，想來是猜測準確。

程謙牧臉色一寒，道：「你們便是歸元門的人！」既然是歸元門之人，自然意在太祖藏寶圖。他又道：「你們要的東西，程某人可沒有。你們不去尋魏君唐拿取，倒是惹上我天劍門了！」

白巾漢子作揖道：「不敢，在下本想脅持程掌門，好逼出魏君唐，沒想到程掌門精明，我這些技倆倒顯得小家子氣了。」

程謙牧呵呵大笑，道：「就你們這些鼠輩伎倆？我瞧那掌櫃身顫手抖，生意人最寶貴酒水，如此灑了一地，還做甚麼生意？況且他滴酒不沾，要不識破也難。」

白巾漢子恍然大悟，道：「也只有程掌門目光似炬，才能看破我等一幫鼠輩的雕蟲小技。」

程謙牧突然收起笑臉，冷冷地道：「既然如此，還不滾？」

白巾漢子道：「待在下擒了程掌門再走也不遲。」

陸東聲氣得發顫，罵道：「找死，殺出去。」

程謙牧似是對劍陣成竹在胸，見兩隊劍陣先後衝出，便拖來一張木凳，悠悠然坐下。

兩隊劍陣立在店外，只聽陸東聲朗聲喊道：「擒賊先擒王，抓住那個白巾。」

天劍劍陣乃是兩隊劍陣相輔相成，前者為尖錐之勢，率先破入敵陣之中，一人受挫，身旁兩人一齊相救，既入敵陣，隨即退下，交由後者上前。後者乃是倒錐之狀，敵陣既破，便一齊上前掃蕩，如此交替運用，久戰不疲。

天劍門人聽大師兄發喊，當即衝上前去。

不過幾聲兵刃交鳴，天劍門弟子竟一個接一個躺下。

三、瓦釜雷鳴

見到天劍劍陣如此不堪一擊，不只是陸東聲，便是連程謙牧也大吃一驚。兩隊劍陣居然只在眨眼光陰，便給對方卸下手腕。看見滿地打滾，捧著右腕哀嚎的弟子們，程謙牧大驚失色，難以置信。

陸東聲咬牙大怒，道：「師父，我去收拾他們！」話一說完便縱身而出，便是要阻止也來不及。

立在眾人面前，陸東聲夷然不懼，當下長劍一指，罵道：「鼠輩看劍！」長劍矯若游龍，直刺白巾漢子的咽喉。堪堪要刺中他要害時，身旁白光閃現，一柄長劍直往陸東聲手腕而去，速度之快猶如流星趕月，倘若不變招，只怕還沒傷到白巾漢子，自己一只手腕便要搭上。

無奈之下，他急忙變招，捨刺轉撩，身子一低，欲劃破對手腹部，在他行招半途，身旁又有一人出劍，凝然於半空中，假若陸東聲不變招，又要將手腕送上去割斷。

他大驚之餘，收招一躍，直取對頭頂門，他人在半空，積蓄全身之力於劍中，擬定一招斬死白巾漢子。不料他身旁再出一人，持劍而立，劍尖直指陸東聲手腕落下之處。此時他人在半空之中，無從借力，眼睜睜的看著自己將右手湊上去，卻無從施為。

程謙牧已看出險況，當下右腳一踏，將地上長劍吸起，右掌運勁而出，長劍電閃星追，速度之快，那蒙面劍手反應不及，手腕便硬生生地給飛劍刺穿。陸東聲險境既過，當是全力施為，欲一劍劈翻白巾漢子。

那白巾漢子身形迅疾，見護衛之人重傷，左足一點，往後飄然撤去。陸東聲一招撲空，雙足運勁又要追去。忽然身後一手將他拉住，他大驚之餘，回劍便刺。

程謙牧喝道：「是我。」

陸東聲聽見叫喝，才回過神收手。

程謙牧面色嚴寒，低聲道：「你快往金剛寺去，讓他們去通報，說歸元門有備而來，讓他們加倍小心。」

陸東聲一怔，他原先憑著一股怒氣，衝上前搏鬥，現下仔細回想，對手每一招，莫不是衝著自己天劍劍法而來，想到此節，不禁冷汗淋漓，要不是師父出手相救，只怕自己用劍的左腕便要給人斬斷，從此殘廢。再看師父，能教他神情這般嚴肅，實在不多見。知道事情急迫，他恨恨地道：「師父咱們一齊殺出重圍。」

程謙牧嘿嘿一笑，道：「我先送你走，此事不得有誤，為師自有脫身之法。」

陸東聲知道師父武藝高超，點頭道：「弟子知道，定會辦妥。」

程謙牧抓起他腰帶，手運勁將他拋出。其他蒙面人見狀便要追趕，卻聽他吼道：「全給我留下！」

餘下蒙面人不知該不該追，一齊望向白巾漢子。

那白巾漢子淡淡地道：「你們當程掌門是甚麼人物？若不一齊上，倒顯得我們小覷程掌門。」

程謙牧嘿嘿冷笑，待陸東聲走遠後，返身回到茶棧裡，取過他的配劍。他見天劍門人哀嚎不停，罵道：「哭甚麼？」他所帶來的弟子，俱是天劍門菁英，知道師父臨敵，縱然斷腕難耐，卻也不敢再哼出聲響。

程謙牧取劍出了茶店，冷然道：「你們是一個一個上，還是一齊上？」話一說完，輕輕拔劍出鞘。長劍出鞘時，長吟不止。

白巾漢子欲待劍鞘聲止，才要開口說話，豈料嗡嗡聲響不止，隱然有漸大之勢。他心裡大驚，天劍門的劍招他自然是早已嫻熟，並且想出反制之道，只是程謙牧內力驚人，持劍而立竟能發出如此聲響。

程謙牧一臉生意人模樣，面容和藹，卻身負驚人藝業，令白巾漢子不由得多加提防，低聲道：「生擒程掌門，大家小心。」

程謙牧一句話也沒說，直接出劍刺去。此招直往對手咽喉而去，乃是天劍門慣用劍招。一人見狀，出劍直貼程謙牧的劍身滑去。歸元門便是運用此險招，割斷天劍門眾人的手腕。

一名弟子看他們故技重施，連忙喊道：「師父留神！」

程謙牧哈哈大笑，劍身一抖，將那人長劍拍斷。那漢子兵刃既斷，收式不及，居然將整個身子往前湊去，只見程謙牧一掌拍出，那人猶如斷線紙鳶，身不由己直飛而出，落在地上僵挺不動，顯然是死了。

畢竟身處官道上，深怕驚動官府，白巾漢子欲速戰速決，只是程謙牧武藝高超，要擒拿他並非易事。

程謙牧早已知道對方嫻熟自己武功路數，因此劍上加勁，不讓對手有機可趁。他一舉得手，便殺開一條血路大喝一聲：「走！」

餘下弟子聽得命令，趕忙拾起斷劍，準備要走。

幾名蒙面劍客欲攔住程謙牧，各個都給震斷長劍，不敢再上前。

白巾漢子以為他要逃，於是拾起一柄斷劍，道：「程掌門別急著走。」一手一揚，斷劍直追程謙牧後心，逼得他回身格檔。

幾個起落，白巾漢子便來到他身前，道：「程掌門莫走。」天劍門弟子見掌門受阻，倒也不敢離去，全站在後頭，高聲叫罵。

程謙牧顧盼四下，歸元門人數雖眾，卻幾乎手無兵刃，無法再攔阻他。他冷哼一聲，道：「憑你想攔我？官差轉眼便到，今日我天劍門斷腕之仇，他日一定登門答謝。」

白巾漢子淡淡地道：「晚輩不才，想請程掌們賜教。」

程謙牧見對頭傷了自己弟子，又如此膽大妄為，此刻他再也按耐不住，冷冷地道：「你既然有這等勇氣，我便成全你。」。

* * *

「花兒，你嚐嚐這塊桂花糕。」魏君唐夾了一塊桂花糕給花微。接著又道：「我走遍了所有茶館，就這間桂花糕特別香。」

花微答謝後，拉開蓋頭，仔細地品嚐。她笑道：「這糕真的挺香的。」抬頭見魏君唐眼神憂鬱，又道：「少爺，你怎麼了？」

聽他問話，魏君唐淺淺一笑，道：「沒事，不打緊。」

花微又道：「是那件事麼？」她所說的那件事，自然是太祖藏寶圖了。

魏君唐「嗯」了一聲，道：「這事棘手的很，不容易辦妥。」

花微笑道：「少爺有抓過老鼠麼？」

魏君唐一怔，問道：「為何這麼問？」

「老鼠個頭小，又容易躲進洞裡面，如果他們躲在裡頭不出來，就拿個吃食放在陷阱裡邊，他們肚子一餓，自然就會乖乖出來了，到那時候，我就將陷阱關上，手到擒來。」花微嘻嘻笑道。

魏君唐聽他這麼說，開懷大笑，道：「好花微，想不到妳這麼聰明。」

花微紅著臉，道：「不是我聰明，是大家都這麼抓的。」

魏君唐沉吟道：「既然他們不現身，我們稍做等候便是，不信他們不現身。」

兩人出了茶館，又四處採購日常用品。花微甚少與魏君唐一起出門採買，以往都是她獨自採買，獨飲獨食。魏君唐雖在臨安城租了房子，卻長年在外，甚少回家，正因如此，今日有他陪伴，花微甚是高興。

一連採買了雞鴨魚肉，兩人才返家。向來只在酒樓茶館飲食的魏君唐，驚訝採買食料竟是如此繁複，巷坊之間所販的貨物皆有差異，因此要一次買齊，頗費周折。

「想不到要煮上一頓飯，得費這麼大的功夫。」魏君唐嘆道。

花微笑道：「少爺如果能天天回來吃飯，再辛苦也值得。」

魏君唐嘆了一口氣，卻不答話。

花微甚少見到他搖頭嘆氣，於是問道：「少爺為什麼煩心？是那些人麼？」

魏君唐淺淺一笑，道：「還是花兒明白我的心思。我真希望他們一輩子都別現身。」

花微一愣，問道：「真是不現身，要怎麼抓住他們呢？」

魏君唐拉開椅子坐下，道：「有了第一批，就會有第二批，除非他們奪走了，或者我將藏寶圖毀了，否則這事難以善了。如果他們不現身，便不會有這麼多事端。」

自他得知金國派人來奪藏寶圖，已過了好幾年。受到師父無方和尚之命，他四處奔波，極力隱藏藏寶圖之事，只是事關重大，消息走漏也迅速。幸得無人知曉地圖藏於寧遠寺，除花微之外，更無人得知無方和尚便是他授業師父。金國歸元門只知有藏寶圖，除此之外一無所知，這才千方百計派人過來窺探，倘若探得詳情，勢必精銳盡出，非得到地圖不可。

除卻歸元門要防，連官府也得防備，此圖乃是太祖留給柴家後人自保之用，萬不可落入官府手裡。近幾個月裡，臨安府也收到消息，若是地圖現蹤於其他地方，如成都府或靜江府等偏遠之地，自然是鞭長莫及，難以追查。如今人人皆傳太祖藏寶圖藏於臨安府附近，才會驚動大內，指派提拿司追查此事，正是因為無法求助官府，魏君唐才會連繫江南正道，一齊維護藏寶圖周全。

此事牽連不小，魏君唐求助各大門派協助，卻無法透露藏寶圖所密藏之地。先前李世南曾為此大動肝火，認為此事乃是魏君唐一手捏造，將自身與歸元門恩怨波及江南門派，因而罷手不管。不過幾個月前，提拿司廣布密探追查，李世南得知後，才知真有藏寶圖，且各方人士亟欲掌握。

李世南自忖知情後，恐遭歸元門襲擊，況且惹上官府，並非他所樂見，只得與魏君唐保持距離，秘密聯絡，不若程謙牧與趙宏至，絲毫不畏懼，反而大張旗鼓地搜捕追蹤。

魏君唐正富饒興致地瞧著花微挑揀菜葉時，忽聽「叩叩」兩聲自大門傳來，當下他迅速起身取過禪念劍，躲在門後。

這間房子是花微向城東一戶富家承租，除他之外，並無其他人知曉魏君唐便是此間主人。當下她向魏君唐微微一笑，以示放心，接著打開門，門外之人是一名僧人。

「蘇施主，住持遣我過來送信。」僧人道。

那名僧人花微自然識得，各路人馬託付至金剛寺的信件，全由他送來。只是魏君唐不願讓他人得知此地便是藏身處，就算是金剛寺的僧人前來，他也不露面，以免徒留日後事端。

花微雙手接過信件，再三道謝，道：「多謝大師，要不進來喝杯茶水再走？」

那名僧人推辭道：「蘇施主的好意心領了，住持特別交代我，說這封信至關重要，還請蘇施主留心。我寺裡還有功課等著，這就先告辭了。」

花微謝道：「勞煩您了。」

待僧人離去，花微連忙將門掩上。

魏君唐將劍掛上，接過花微遞上的信件，翻面一瞧，竟是以火漆封口。他這兩年收了幾百封信函，卻從沒有過火漆封口，這令他大為訝異，於是趕忙撕開封口，展信細讀。

一見信函內容，魏君唐臉色登時大變。

看他臉色不善，花微連忙問道：「少爺，出了事麼？」

魏君唐緩緩地道：「程掌門死了。」

花微驚呼一聲，問道：「程師傅的武功不是很高麼，怎麼會？」

當日程謙牧獨戰白巾漢子，天劍劍法被他破解，但程謙牧利劍連同深厚內勁，卻也絲毫不落下風。

白巾漢子知道不宜久待，就算想生擒程謙牧，手上劍招依舊凌厲。他手中劍直向程謙牧檀中穴，如雷霆電閃，迅速已極。

程謙牧瞧出其中利害之處，這招正是自己天劍門的絕技。自他十三歲起，每日浸淫，如何不能一眼識破？正是如此，他明白後頭伏有十招後著，幸得他嫻熟劍法，知道其中破綻，腳步一踏，往對手左手欺去。

近身之戰，招式無法施展，白巾漢子雙眉一皺，連忙往後飄去。此計正中下懷，程謙牧心裡一喜，舉劍直刺，卻是方才白巾漢子所使的天劍劍招。不料那白巾漢子聰穎異常，兼又藝高人膽大，照剛才程謙牧動作，依樣畫葫蘆，直接欺上程謙牧左身。

程謙牧自為天劍掌門，臨危不亂，變招為掃，劍身直往脖頸而去。

白巾漢子不敢硬拼，連忙往後滾去。機會當頭，程謙牧自然不白白放過，他仗劍直追，不讓對手有起身的餘地。

當下劍影駁雜，劍尖直往要害而去。餘下蒙面人手無寸鐵，不敢上前相救，只得高聲怒罵，而一旁的天劍門弟子，則是紛紛叫好。

一陣左支右絀，白巾漢子格開攻勢，狼狽起身。趁他體虛力弱，程謙牧劍招再出，轉而攻他下三路。

殺招迭出，白巾漢子自知程謙牧武藝高超，非自己所能抵擋，倘若正面對招，只怕走不出五招，便要傷在他劍下。認清道理後，白巾漢子劍走偏鋒，以險招應對。

他不理直指自己小腹的殺招，一把長劍對準程謙牧的心窩。此招乃是險中之險，賣出自己要害，拚得一死也要刺死對手。

「噫」的一聲，程謙牧翻身閃躲這要命的一劍。他躍開之後，白巾漢子雖稍有喘息的餘地，卻不做片刻暫留，繼續出招逼迫。

他咬著覆面白巾，不致讓飛動的面巾遮擋雙眼。遠遠瞧去，模樣猶如咬牙切齒，十分可怖。只是模樣縱然嚇人，也不及他的招式令人膽寒。知道門不過程謙牧，白巾漢子只出一招，長劍直指對手心窩的一招，無論對手如何變招架擋，他依然只使這一招。

程謙牧漸漸落居下風，他有無數機會可以削斷白巾漢子手腕，或是斬去雙腿。更甚者，他有幾次可以一劍劃破那漢子的脖頸，只是他無法出手，因為出手之後，自己的心窩便要給刺穿。

漢子知道非勝不可，情況不容有失，因此每一劍都出盡了全力，縱使程謙牧刺穿他的眉心，使他無再續之力，但此刻他的身子便是一支箭，迅而無敵的箭，若斬去他右手，長劍仍有洞穿心窩之力。

程謙牧越打越急，汗漿如泉，不住地冒出。

天劍門其中一名弟子實在忍耐不住，左手拾起斷劍便要擲去。在他拾劍時，幾名蒙面人隨即湧上，一個個手持斷劍，直指他面門，冷冷地道：「我家主人看得起程掌門，若你們要動手，儘管試試。」

那弟子頹然坐倒，嘴裡高罵白巾漢子無恥，其他人聽見，便跟著附和，片刻光景，所有天劍門弟子都在叫罵，有人見情況危急，脫口罵出平日不敢讓師父聽見的齷齪話語。開立了先河，眾人紛紛附和，罵得越發難以入耳。

歸元門的探子們，惱怒他們叫罵無禮，沒有白巾漢子首肯，卻也不敢妄加殺戮，只得怒目相視。有幾人耐不住，上前喝罵住嘴，威脅眾人若再出口汙衊，便要割去舌頭。只是成效不彰，眾人安靜片刻又開始鼓譟，無法制住天劍門眾多弟子的辱罵。

白巾漢子仗著年輕便全力施為，只是時間一長，內息隱隱有消退之勢，他暗自焦急，心道莫要栽在此間，手上的勁道卻絲毫不減。

兩人相鬥了一刻鐘有餘，卻不能分出勝負。程謙牧原本就一張圓潤的大臉，此時讓對手逼得急了，更是漲紅了臉，有如塗抹胭脂。

程謙牧雖是連連倒退，卻不敢走遠，深怕門下弟子遭受不測，因此東拐西繞四下奔走。

白巾漢子全身貫注於一把長劍之上，腳步便不怎麼在意，幾次給石頭絆腳，見程謙牧臉色稍變，當即明白他正苦尋解脫之道，但心裡無法分神去注意腳步踩踏，甚是苦惱。突然間，他靈光一閃，心中生出解決計策。

既然程謙牧欲擺脫他糾纏，索性將計就計，假意讓石頭絆倒，趁他出招之際，順勢奪去手中兵刃，令他就範。

白巾漢子心想此計已是萬不得已的選擇，同歸於盡是險招，賣弄破綻也是險招，既然他已涉險，不如一齊使上，置之死地而後生。

當下他假裝給石頭絆倒，長劍失去準頭。程謙牧見狀，心裡大喜，往後一躍之後，竟將手中長劍射出，擬一舉釘死白巾漢子。

那漢子自然是心底驚恐已極，他通熟天劍劍招，但從不知曉有這麼一記撒手鐧。

程謙牧一擲而去，馬上縱身上前，欲待白巾漢子盪開長劍之後，無力還手之際，一掌將他打死。

只是來招又疾又速，白巾漢子猝不及防，全然沒有還手餘地，握在手中的長劍去勢太猛，不能有任何作為。然而程謙牧的配劍準頭有失，直往白巾漢子的劍尖而去，當下劍尖對上劍尖，「叮」地一聲，併出一星火花。

飛劍受阻略有偏頗，轉而將白巾漢子左臂割出長長一條口子，鮮血登時飛濺一地。

在場之人高聲大叫一聲，隨後靜默無聲。

程謙牧的飛劍沒有盪開對手兵刃，他縱身飛撲，因算計失利，竟將胸口往劍尖撲去。白巾漢子收力不得，居然讓長劍洞穿程謙牧胸膛。

除了旁觀眾人外，白巾漢子自是目瞪口呆，久久不能回神。

程謙牧手中掌勁未消，一掌按上漢子心窩，震得他往後飛出。只是他心脈受創，手中內勁打上他的心窩時，內勁已消退大半，無法一掌置之死地。

白巾漢子長劍脫手，身子往後倒去。歸元門的探子們見狀趕忙上前攙扶，所幸傷得不重，還能勉強站起。

程謙牧疼痛非常，不由得單膝跪下。一對眼珠睜如棗核般，怒目直瞪著白巾漢子。

白巾漢子從沒見過這般駭人的神情，一股寒氣從腳心竄起直至頭頂，令他冷汗潺潺，不過翻手時間，竟汗濕了整件衣衫。

其他天劍門門生見狀，哭喊著師父，也顧不得手腕重傷，跌跌撞撞迎上前去，點住幾個大穴止血。

程謙牧傷得太重，吐出最後一口氣，道：「快走。」說罷，一對眼圓圓突出，死不瞑目。

「主子，要不將他們殺盡，免留後患。」一名歸元門探子低聲說道。

白巾漢子深吸一口氣，勉強才能挪動身軀。待內息運轉周身無礙，自知受傷不重，便掙脫攙扶，道：「事情已敗，多傷人命無益。」

那人不願錯失機會，又道：「餘孽不除，恐怕……」白巾漢子不待他說完，怒視一眼，驚得他趕忙住嘴。

「走。」

待白巾漢子一行人走遠，天劍門弟子忍著悲憤，七手八腳地將程謙牧往臨安府送去。

*　*　*

藏身居所，暗室裡燭光微弱，三人圍桌而坐。

「兩位前輩，程掌門的遺體，如今安置在何處？」暗室裡，魏君唐心裡悲憤，強忍怒意問道。

李世南輕聲道：「安放在城北天劍門分堂，魏老弟有空閒，不妨過去拜祭一下。」自年輕認識程謙牧起，李世南與他交情甚篤，如今橫死於道，自然悲慟不已。

「這幫歸元門的畜生，不將他們鏟除，我便不姓趙！」趙宏至說得咬牙切齒，怒容滿面。獨子與好友皆死於歸元門手裡，眼下怒意大過傷悲，只見他手指箝著木桌，竟將木桌捏得凹了。

「要不是晚輩當日有此提議，程掌門不致遇害。真要追究，晚輩也有錯。」魏君唐雙目紅腫，低聲說道。

趙宏至哼了一聲，道：「魏老弟你不必自責，這幫鼠輩夾頭藏尾，我們在明他們在暗，逼他們現身也是迫不得已。如今程大哥身死於道，這新仇舊恨一併清算，我趙宏至有生之年若不報這兩大仇，教我不得好死！」

李世南皺眉道：「趙兄也說敵暗我明，眼下程大哥已死，我們不妨避一避，以免無謂犧牲。」

趙宏至怒道：「胡扯！世南兄，咱們貴為正道中人，豈有退縮之理？如今鼠輩已欺上咱們頭頂，哪能坐視不理？」

李世南嘆道：「趙兄所言極是，只是程大哥已死，這件事情還得從長計議。」

趙宏至冷冷地說道：「想不到程大哥屍骨未寒，卻把世南兄嚇成這副德性，既然世南兄愛惜羽毛，我也不便強求，只是這幫賊人，趙某誓死周旋到底。」

李世南勃然大怒，起身罵道：「趙兄難道以為我是貪生怕死之人？」

趙宏至冷哼一聲，道：「世南兄自然不怕死，但為顧全李家，有時也不得不委屈求全。」

聽聞此話，李世南長嘆一聲，道：「不錯，畢竟李家以商起家，若賊人來犯，實在難以抵擋。」

「晚輩以為李前輩所言甚是，正所謂明槍易躲，暗箭難防，既然歸元門隱匿行蹤，不如我們也偃旗息鼓，他們摸不準行蹤，不知我們意欲為何，自然得四下探聽，漸而露出行蹤。」魏君唐見李世南主守，趙宏至主攻，於是心生一計，開口說道。

趙宏至本想一口回絕，依他性格，決不委曲求全。但偏頭仔細一想，此計甚妙，若能殺盡歸元門鼠輩，這點委屈如何不能忍？當下說道：「如果能將賊眾一網打盡，或可一試。」

李世南本就打著退縮之意，聽完計策，也是連聲叫好。

只是他倆全然不知，此乃魏君唐第一步。程謙牧既死，護寶少了一人，若不能盡速擺脫歸元門糾纏，只怕後患無窮。

議事結束後，趙宏至與李世南一前一後從大門離去。此密會之處，只有他們三人知道，就連新任天劍門掌門陸東聲也不知曉。

待他們離開後，魏君唐從後門離去，跳上小船。

臨安城內多河道，許多民居前接大路後接小河，往來有時划槳乘舟。魏君唐藏身之地離此不遠，因此他這次前來，便是划乘小舟。

他划到住所後門下船，輕聲叫喚花微開門。花微見到他回來，滿臉欣喜，道：「少爺回來了。」

魏君唐對她微微一笑，道：「花兒，去將我行李備上，我隨後要走。」

花微一愣，她沒想到魏君唐這次只回來短短幾天又要走，便問道：「少爺要去哪兒？」

「我出去幾天，妳不用擔心。」魏君唐一進屋見桌上有封信函，問道：「這封是誰送來？」

「是金剛寺的大師今早送過來的。」花微一邊打理行囊回道。他拆開信函，只見上頭細細一行字「得空請至金剛寺一敘。」屬名正是空寂和尚。

魏君唐取過禪念劍，貼身藏好，接過行李後，說道：「花兒，過幾天我就回來。」

其實花微自知他這次離開，定然是有大事發生，她心裡萬分焦急，卻也不敢勸魏君唐別走。魏君唐身繫太祖藏寶圖安危，又怎會因她一名女子而置之不理呢？

魏君唐臨走之際，見花微眼中噙淚，他自是心思敏銳，如何不明白花微心裡所想？他淺淺一笑，道：「好花兒，妳乖乖待在家裡，我速去速回，莫要擔憂。」

花微點點頭，卻不接話。

魏君唐又對她一笑，這才從後門離開。解開綁繩，跳上小舟划去。

天劍門臨安分堂設在風波亭附近，魏君唐將小舟繫在密會居所的後門，從前門轉大街而去。時值近午，街上往來商客稀疏，他步伐甚快，不一會兒光景，便來到天劍門分堂。

天劍門的分堂設於一間小莊院裡，門口守衛人人披麻帶孝。他才走近大門，便有人上前攔阻。

「朋友有帖子麼？」一名白面漢子抱拳問道。

說話那人甚是客氣，而另一人蓄山羊鬍的漢子則是手握劍柄，目不轉睛盯著魏君唐。魏君唐自然沒有帖子，回道：「在下並沒有帖子，只是前來上香致意。」

白面漢子回道：「真對不住，掌門有令，若沒有帖子，閣下的好意天劍門心領了。」

魏君唐一怔，從來只有重大聚會，或是喜慶宴客才須驗證請帖，沒想到靈前弔唁也得上繳帖子，這倒是奇聞了。當下他乾笑道：「目前天劍掌門可是陸大哥麼？還請兩位代為指引。」

那人臉色稍變，問道：「閣下對我天劍門挺是了解。」

魏君唐見他臉色有變，不明所以，回道：「在下是陸掌門的朋友，這才有此一問。」

山羊鬍漢子一聽，冷哼一聲：「我跟在掌門師兄身邊這麼久，可從沒見過你，報上你的姓名。」

魏君唐不願暴露身分，道：「還請兩位通報陸掌門一聲，陸掌門一見我便能明白。」

那山羊鬍漢子哈哈大笑，隨即罵道：「小子，當咱們都三歲小孩麼？」

魏君唐看他發怒，忙道：「在下並無惡意，還請兩位走一遭。」

山羊鬍漢子大罵一聲，「刷」地一聲將劍拔出，怒道：「鼠輩，當真欺我天劍門沒人麼？」

白面漢子伸手拉了那山羊鬍漢子的衣袖，道：「師兄，有話好好說，師父剛過世，別動手。」

山羊鬍漢子哼了一聲，罵道：「這小子八成不安好心眼，我先拿下他，剩下再說。」

白面漢子勸不了他，轉頭跑回莊院裡。

山羊鬍漢子見他回去，嗤了一聲，回過頭道：「小子，誰派你來的？」說著便要將劍刃搭在他肩頭。

魏君唐輕輕一閃，道：「在下一向獨來獨往，倘若今日不方便打擾，我擇日再來便是。」

山羊鬍漢子冷笑一聲，道：「想走？」只見他長劍一抖，劍刃如蛇一般往魏君唐肩頭滑去。

魏君唐看他無理，心裡有些氣惱，只是礙於向來與天劍門交好，不便發怒。當下他又輕輕閃開，道：「在下不願再做糾纏，告辭了。」

山羊鬍漢子見他兩次躲開自己的得意招式，心底也是不悅，又聽他要走，胸口火頭更盛，一劍往魏君唐左臂削去，打算給他個教訓。

魏君唐知道她不客氣了，往後一蹬退開，皺眉道：「閣下似乎失了分寸，真動起手來，恐怕不好交代。」

山羊鬍漢子嘿嘿一笑，道：「少廢話，我又要跟誰交代了。」

「趙師弟，你好呀！看來我這掌門的位子得讓出來讓你坐了。」話從院裡傳出，只見那趙師弟渾身一抖，長劍險些握不住。

魏君唐轉頭一瞧，出來之人正是陸東聲，身邊跟著一人，便是那白面漢子。

陸東聲原不知是魏君唐到來，聽師弟來報，特地出來要看是誰這麼大膽，沒帖子也敢進來，這時一見是魏君唐，原本綳著一張臉，登時鬆懈。

「掌門師兄，我……」山羊鬍漢子滿臉惶恐，不安地開口。

陸東聲瞥了他一眼，道：「趙師弟，有甚麼事待會再說。」他正要開口叫喚，只見魏君唐輕輕搖頭。

見到神情，陸東聲登時意會，道：「陸某的師弟如果有得罪，還請見諒，請往這邊走。」

「有勞陸掌門了。」

兩人進了莊院，餘下山羊鬍漢子與白面漢子面面相覷。

*　　*　　*

隨同陸東聲入內後，魏君唐向程謙牧靈位上香致意。他心裡既悲又痛，從他開始結交程謙牧，已有數年光景。

程謙牧待人和氣，氣度不似一派掌門，倒像個商行老闆。他結交四方，個性溫謙，凡事笑咪咪地，以和為貴，沒想到遭受暗算，橫死於道。有鑑於此，魏君唐才來尋陸東聲，安排後續事宜。

兩人另闢靜室，商量如何擒拿兇手。

魏君唐道：「程掌門身故，江南同道群情激憤，只怕短時間內，歸元門將不再現身。」

陸東聲雖長他幾歲，卻拿不定主意，道：「不錯，看樣子這些狗賊是不會輕易現身。」

魏君唐道：「我已跟趙掌門還有李老爺商議過，此時宜靜不宜動。」

「是，是。」陸東聲忙不迭地點頭。

魏君唐又道：「歸元門惹上了這禍事，眼下只怕不會輕舉妄動。」
陸東聲道：「那是當然，那是當然的。」
魏君唐見他身為一派之主，卻毫無主張，不禁暗自搖頭。
陸東聲道：「不如我們遣一隊人馬北上，直搗歸元門巢穴，教他們嚐嚐厲害。」
聽他行事衝動，魏君唐皺眉道：「此事萬不可行。如今金國根基已穩，我們喬裝北上只怕不能討好，況且歸元門設於開封城內，不容易得手。要如他們這般潛臥匿縱，沒有兩三年時間，不易辦妥。何況他們不遠千里前來，想必也多有防備。我以為此計不可行。」
見自己計策無用，陸東聲恨恨地道：「想不到這幫狗賊如此精明。」
「不過，我有一計，不知道陸大哥是否願意一試？」魏君唐道。
聽聞有計策，陸東聲喜道：「只要是魏兄弟的計策，定然好得很。」
他本大喜過望，但聽過魏君唐的計謀後，神色大變，連連搖頭，道：「不可，此計太過危險，魏兄弟萬萬不可。」

恐他大聲張揚，引來其他人注意，魏君唐低聲道：「陸大哥細聲，這件事我已有算計，若非如此，短期之內歸元門定然不會出現。倘若此計可行，我們便可將他們一網打盡，為程掌門報仇。」

聽見報仇二字，陸東聲本有難色的面容，登時繃了起來，咬牙說道：「好！既然魏兄弟仗義，我陸東聲傾全力護你周全！」

魏君唐點頭，道：「有勞陸大哥安排。」

陸東聲面帶愧疚神色，道：「我過往半生全賴師父提拔，如今得仰賴魏兄弟替我報仇，我在這裡向你磕頭了。」說著便要跪下。

魏君唐嚇得直跳起身，將他扶起，道：「程掌門身故，於我有責，陸大哥可折煞我了。」

陸東聲視師父如親父，一身武藝半生修為全是程謙牧傳授，因此甚是自責當日聽從師父命令，前往金剛寺傳訊。他自覺當時若留下，也不致讓師父遭受暗算而死。因此得知魏君唐欲協助他報仇，他無以為報，只得磕頭道謝。

直到魏君唐出了天劍門分堂，眾弟子仍舊不知他是誰，何以讓掌門師兄這般禮遇，一起走出偏廳，送他離開。

自分堂離開後，魏君唐出餘杭門，直往金剛寺而去。

金剛寺的看門僧見到他來，忙道：「魏施主您總算來了，無方住持也在裡頭等候。」

經由指引，魏君唐來到大雄寶殿後面的廂房。他敲門進入，便見到空寂和尚與師父兩人正在打坐。

兩人聽見推門聲，也不睜開眼。過了良久，空寂才道：「魏施主請坐。」

魏君唐依言找一處蒲團盤腿坐下，靜候兩人。

兩人閉眼打坐，直過了大半個時辰，這才雙雙睜開眼，看著魏君唐。

「魏施主雖急不亂，可謂難得。」空寂說道。經他這麼一說，魏君唐才知空寂在試探他。

一個人若心裡急躁，呼息勢必受阻。靜室之中，尤其清楚。魏君唐自入內後，呼吸平穩，悠長而緩慢，在枯燥的等待中，卻毫無雜沓。空寂吸吐較快，而無方時快時慢，他卻能不受影響，可見進來之後，心中已屏除雜念，方能如此淡定。

魏君唐並非刻意而為，他從小待在寧遠寺裡，終日聽聞誦經聲響，日子一久，梵音入腦，內心漸趨平和。因此一入靜室，自然沉寂內心，不受外界所擾。

「因緣所生法，我說即是空。若非因生，何來有法？唐兒，你知道甚麼是因，甚麼是果麼？」無方面掛微笑，問道。

魏君唐明白他所問，仔細思索後，道：「藏寶是因，亡故是果。」無方與空寂相視而笑。空寂道：「魏施主，但凡事物皆有表象，你參透因果，卻只在表象，殊為可惜。」

魏君唐愣了片刻，問道：「還請住持與師父提點。」

兩人互望一眼，無方旋即做出「請」的手勢。空寂笑道：「如此老僧就僭越了。」

魏君唐雙手合十，道：「請住持指點。」

空寂低念一聲佛號，道：「萬般皆是空，萬般皆是苦。業障因貪而生，因癡而生，是以修成今日之果。」言下之意，乃是貪癡造就程謙牧死於非命之果。

魏君唐靈光閃現，恍然大悟，道：「是了，種種原由皆有因，只是弟子奉命守護，卻要如何自處？」

無方道：「是故空中無色，無受想行識。」

空寂點頭，微微一笑，道：「無方師兄萬法圓融，老僧有所不及。」

「徒兒駑鈍，不能領悟。還請師父與住持指點。」魏君唐想了一陣，依然不能理解，便開口詢問。

無方面容和藹，道：「唐兒，終有一日你會明白其中道理，眼下不必著急，要知恰恰用心時，恰恰無心用，凡事不必執著於表象。」

「徒兒明白。」魏君唐回道。

「程掌門遭遇不測，並非一時一地一人所致，你不必耿耿於懷。」無方又道。

魏君唐嘆道：「是。」

廂房內，三人一時無語

四、蹈涉險境

翌日一早，魏君唐便向兩人辭行。

看著魏君唐離去的身影，空寂和尚輕輕地嘆氣。

無方問道：「師弟何以嘆息？」

「我見君唐年紀輕輕，卻要負起這般重責，實在為他擔憂。」空寂說道。

無方輕輕一笑，道：「有道是天將降大任於斯人也，必先勞其筋骨，苦其心智，餓其體膚，空乏其身，如此才能增益其所不能，何須多慮？況且我相、人相、眾生相皆是無相，既然無相，何來執迷？」

空寂雙手合十，道：「阿彌陀佛，師兄修為高出我甚多，我便不能當及參破這等道理。」

無方道：「唐兒率性而為，程掌門善意提醒，終究造成他的心障。他若能歸乎本心，破除一切執迷，當能放下一切苦厄。」

「只可惜當局者迷，他又豈能立刻明白？」空寂惋惜地道。

兩人站在大門邊，只聽得身後金剛寺傳來陣陣梵音，細細幽微，卻聲聲入耳。

＊　　＊　　＊

魏君唐回到臨安城，心裡卻有說不出的煩悶。他與此事糾纏多年，如今傷了人命，更添他退隱的念頭。雖然師父與空寂一再提點他，諄諄告誡萬事因緣而生，但凡克盡人事。只是程謙牧怒容滿面的死狀，他歷歷在目，不敢稍忘，時時提點自己將歸元門一網打盡，以慰程謙牧在天之靈。

他惦記著與人相約，因此腳步急促，不敢多作停留。只是行至中途，聽見人聲哄鬧，不由得轉頭看去，見御街旁開了一家新商號。

他上前探望，商行裡頭的漢子忙進忙出，正在搬運貨物，有幾人的則是架起長梯，爬上去擦拭牌匾，忙得不可開交，景況熱鬧。

圍觀者甚眾，這裡人人都想討個彩頭，希冀商號老闆為討個吉利，能出來分發錢銀或是米糧。魏君唐好奇心起，便站在後頭觀看，他從未見過商號開張，這才駐足探望。

眾人等了近一刻鐘，仍沒見到主人家出面，不由得開始鼓譟。「吉時到了，得趕緊開市呀！」「主人家別耽擱了吉時。」「夥計，快讓你們老闆出來開張，順道發個彩頭。」眾人七嘴八舌地，倒不是怕主人家耽擱吉時開張，只是不耐久候，只想早早領了彩頭便要走，不願在這大太陽底下多作停留。

魏君唐倒是不以為意，頻頻探頭要看主人家會發出甚麼樣的彩頭，將方才的煩悶一掃而空。

再等上一會兒，主人家這才現身。

只見一名年輕公子，衣飾華麗，頭上戴了一頂小冠，招來兩名奴僕捧了兩大盆銅錢，一起出了大門。

在門口等待彩頭的老少，紛紛發出喝采，恭維的話語不絕於耳。那位年輕公子作揖道：「今日商號開張，還請往後各位老闆鄉親不吝走動，互通有無。在下備有一些彩金，希望跟著大家一起圖個吉利。」

眾人高呼一聲，各個心喜不已，爭先恐後往前擠去，伸手要取彩頭。待眼前眾人散去，魏君唐才看清楚那位年輕公子，竟是徐萬嚴。

魏君唐心裡驚嘆，想不到暫別短短幾日，徐萬嚴已經開了一間商號，且設在臨安最為熱鬧之處，若沒有過人財力打點上下，只怕沒如此順遂。

他見徐萬嚴忙著招呼賓客，就不便上前相認。正轉身要走，手腕卻給人一拉，他心裡一愣，連忙回頭瞧去，正是徐萬嚴。不過轉眼之間，他便擠過重重人牆，抓住魏君唐手腕。

「魏兄，為何不進來坐？難道不認得我麼？」徐萬嚴笑道。

魏君唐臉上一紅，自覺失禮，歉然道：「徐兄真對不住，我見你事務繁忙，才沒過去打擾。」

徐萬嚴哈哈大笑，道：「那些都是小事，不必我去操心。」

魏君唐深怕為此耽誤了商號開張事宜，連連推辭，道：「正經事要緊，我實在不好打擾。」

豈料徐萬嚴抓著他手腕不放，拉著他往商號裡頭去，道：「這些小事自然有人去辦，你再推辭，那可是瞧不起我了。」

魏君唐拗不過他，只得由著他一起進到商號大堂裡。一進大堂，魏君唐雙眼登時亮起，原來徐萬嚴的商號所販貨物便是茶葉。

當日他在茶館裡一連吃了兩碗七寶擂茶才肯罷休，又接連喝了香片與龍井茶。茶足飯飽之餘，見到茶館裡川來人往，入店喝茶的人們多，前來購茶打包的也不少，臨安城喝茶風氣之盛，是他前所未見。在金國，要喝茶只能透過榷場，加上金國朝廷對茶葉販售多做限制，休說尋常百姓，便是連他這樣的身分，也難得喝上一回茶。

也正因如此，徐萬嚴才設立商號，準備將茶葉運回金國販售，藉此致富。

魏君唐在大堂裡兜轉一圈，眼裡看的，鼻子聞的全是茶。他對茶不甚了解，卻也看得出這些成袋裝起的茶，俱是中品。

「這些茶可是從城裡買的？」魏君唐問道。

徐萬嚴瞪大了眼，道：「魏兄如何知曉？想必也是懂茶之人。」

魏君唐搖搖頭，道：「不，我對茶所知淺薄，只是我方才聞得有一袋香片味道奇特，才會這麼問。」

「有何奇特？」徐萬嚴道。

魏君唐道：「這袋香片揉雜茉莉與菊花香味，是出自東籬茶館。」

徐萬嚴頗為吃驚，連忙抓起一把細聞，只是他不管怎麼聞，都分辨不出其中分別。「也就只有魏兄才能體會其中區別。」他苦笑道。

魏君唐笑道：「整座京城也只有東籬茶館才有這樣的香片，這間東籬茶館便是上回我們去吃茶的地方。徐兄難道不記得了麼？」

徐萬嚴先是一愣，隨即乾笑道：「你瞧我，才幾天便給忘了。」

兩人說話同時，一名奴僕上前道：「主人，東西已經備妥。」

徐萬嚴揮手讓他退下，向魏君唐說道：「咱們進內室再談。上回讓你破費，我心裡過意不去，今天你一定得賞臉。」

「那我恭敬不如從命了。」魏君唐跟從他進到內室。進到內室裡，裡頭佈置甚是樸素，不似外頭大堂煥然一新，桌椅與一些飲茶器具皆是舊物。

「想不到萬嚴兄如此簡樸，倒與他的外表不甚相符。」魏君唐心道。他本以為徐萬嚴是位紈褲子弟，這間招待賓客的內室應當擺設奢豪。現在一看，實是自己瞧低了他。

入座後，徐萬嚴命人端上茶與糕點。桌上茶類眾多，魏君唐不知徐萬嚴喜好，問道：「徐兄喝甚麼？」

徐萬嚴哈哈一笑，道：「我也就待在臨安這幾天才喝過幾次好茶，要說喜歡哪種，我真答不上。」

魏君唐道：「既然如此，你試試這壺龍井，我見色澤均潤，味道應當尚可。」他遞了一杯送上前，只見徐萬嚴喝了以後頻頻點頭。

「還是魏兄懂些門道，我在金國只懂得喝酒，對這些茶還真是一竅不通。」徐萬嚴道。

「我哪談得上門道，只是我得空便往茶館去，真要說等懂茶，可是比起館子裡的常客還不如了。」魏君唐笑道。

「哪裡的話，既然魏兄略懂茶品，以後得多多請教。」徐萬嚴作揖道。

他作揖時，左手略有不便，魏君唐察覺異狀，道：「你手上可是有傷？」

徐萬嚴先是一呆，隨即意會，淡淡一笑，道：「沒甚麼大礙，前一陣子外出，在道上遇上了悍匪。」

聽他說得輕描淡寫，魏君唐忙道：「有請郎中診治麼？」

徐萬嚴道：「昨天已讓大夫過來看過，只是皮肉傷，不礙事。」

魏君唐點頭道：「這幾天不太平，出行可得加倍小心，出門在外多帶上幾個人也有個照應。」

「我聽說最近城裡正在緝拿魏君唐，只是不知何故？這魏君唐不是赫赫有名的江南少俠麼？怎會讓官府追緝。」徐萬嚴問道。

魏君唐假裝不知，搖搖頭說道：「前幾日我恰巧不在城內，對此事所知甚少，徐兄可是問錯人了。」

「原來如此，我看魏兄經常四處奔走，才會這麼問。」接著他話鋒一轉，道：「若魏兄最近有空閒，不妨過來幫我打理商號，在下尚缺一名得力助手。」徐萬嚴雙手一拱，神情甚是誠懇。

魏君唐面有難色，道：「這幾日我一位至交好友遇害，需要前去協助料理後事，並非我不肯，只是無暇分身。還請徐兄見諒，另覓他人。」

徐萬嚴心裡失望，他本想魏君唐熟悉臨安附近市鎮，商號往來南北，總得有人押車或是盤點貨物。況且販茶生意也得懂茶，知道他無法幫手，當然極其失落。「既然魏兄分身乏術，我也不便強求，只是我與魏兄一見如故，難免失望。」徐萬嚴惋惜道。

魏君唐深怕他追究下去，探問後事處理事宜，到時不免洩漏身分，因此扯開話頭，道：「徐兄為了這間商行，應該費了不少功夫吧？」

徐萬嚴乾笑道：「我為了打點上下，確實費了不少錢財。」

魏君唐嘆道：「世道疲弊，設立商行本是為了謀財，想不到銀兩還沒到手，卻得先買通關係。」

「不錯，這點與我金國相差無幾。」徐萬嚴道。

兩人自是有諸多埋怨，這時便一併說出，說到興頭，一名奴僕前來敲門。

徐萬嚴正說的高興，給人打斷話頭自然是臉色不悅，道：「沒見我忙著麼？」那奴僕回道：「主人，總管有事求見。」

「告訴他我忙著，叫他晚點再來見我。」徐萬嚴冷冷地說道。

魏君唐處境尷尬，於是起身抱拳，道：「徐兄，既然你有要事，我也不方便多作打擾，不如我們改日再敘。」

徐萬嚴陪著笑臉道：「魏兄別急著走，這些下人不懂事，你別見怪。」

一陣推辭之後，魏君唐答應擇日來訪，徐萬嚴才止了留客之意。等魏君唐一走，徐萬嚴臉上笑意頓失，當下面罩寒霜，道：「陳總管有甚麼事？」

那名下人難得見到徐萬嚴如此嚴厲，嚇得伏在地上，道：「小的不清楚，不敢多問。」

徐萬嚴冷哼一聲，拂袖而去。

出了商行，魏君唐穿過擁擠的人群，往鳳棲樓而去。

鳳棲樓乃是京城最大的客棧，設於御街中段，人群往來日夜不輟。臨安城夜裡也熱鬧，因此鳳棲樓從未關門，便是夜裡肚餓，也能前去用餐。單看他大堂裡設置數十隻巨燭，即可看出客棧規模。

還沒到晚膳，鳳棲樓大堂已是人滿為患，上百張桌椅全坐滿。魏君唐入內後，見到此景不禁咋舌。

有客到，一名跑堂夥計趕忙上前招呼，道：「客官用膳還是打尖？」

「我來尋人。」魏君唐道。

整間鳳棲樓終年往來人潮無可計數，大堂裡常有漢子飲酒不歸家，惹得家中妻小或是父母前來尋人，到時少不了一齣鬧劇，許多人閒來無事便上鳳棲樓悠晃，點一壺茶坐上一整天，為的便是見見這樣的醜態。

這樣的醜事幾乎天天發生，倒成了鳳棲樓一大賣點。

「客官想找誰？我替您尋尋。」夥計言行甚是恭敬。對這些尋人的客官，他們自是得罪不起，深怕要找的人是王公權貴，倘若得罪了，自己是擔當不起。

魏君唐道：「新任天劍門掌門可是在這？」

那夥計歪頭想了一想，道：「您說是陸掌門吧？他在二樓，我帶您上去。」

「有勞了。」魏君唐謝道。

跟著跑堂夥計一路上到二樓，魏君唐驚訝鳳棲樓居然如此之大，每一間房足有七、八步寬，比起其他小客棧不過就是一丈寬，要大上不少，且棟樑擺設毫不含糊，上頭刻鑿字詞或是圖畫，令他目不暇給。

「陸掌門，有位客官找您。」夥計輕輕敲門，細聲說道。鳳棲樓大堂雖然龍蛇雜處，一般人卻難以在此投宿，全因房錢太過昂貴。既然投宿之人常是大富人家或是朝中權貴，比起其他客棧，這裡的跑堂夥計自然得更為有禮，才不致惹禍上身。

「進來吧。」裡頭傳來一聲。

夥計輕輕推開門，也不敢往裡頭張望，將魏君唐請入後，連忙掩上門離開。

陸東聲見到他來，如釋重負，喜道：「魏兄弟你可來了。」

魏君唐歉然道：「早上我讓事情給耽擱了，陸大哥久候了。」

陸東聲道：「過午我見你還沒來，以為你半途遇險，正要派人去尋你。」

魏君唐心裡尋思，這陸東聲勇猛有餘，氣態不足，他門下弟子全沒見過自己容貌，如何找得？況且自己身分不容見光，他也是知曉，怎會如此莽撞？只是他在路上耽擱也是實情，因此抱拳賠罪，道：「讓陸大哥擔心，我真是過意不去。」

「你沒事就好，這裡我都打點過了，你在這裡小住一段時日，不會有人打擾，若有其他動靜，我會托人轉達。」陸東聲對他遲來不以為意，見到他平安過來，心裡說不出的歡喜，覺得肩上擔子卸下，說不出的快意。

他幾日前不過是天劍門大弟子，凡事都請教師父，不敢擅自作主。而程謙牧身子硬朗，面色圓潤，聲若洪鐘，哪裡想得到會突然身故？要他突然接任天劍門掌門，掌管天劍門一共七處分堂一處總壇，兼又要尋出兇手，為師父報仇，自然是心慌神亂，手足無措。

幸而有魏君唐出面，他才能略微歇息。昨日他一時衝動，打算與歸元門拼命，經過一夜思索，才發現自己是多麼荒唐又愚蠢。這時才體認到魏君唐的沉著，益發地仰仗他。

「這裡有塊天劍門令牌，見牌如見掌門，魏兄弟你收著，日後你若要調動我門下弟子，也方便些。」陸東聲從懷裡掏出令牌交到魏君唐手中。

「有賴陸大哥幫忙了。」魏君唐接過令牌回道。

* * *

自那天起，每天都有人化名魏君唐在各個客棧投宿，臨安城難以安寧。

起初臨安府衙還會率人前往，但捕快將客棧重重包圍後，破門而入才發現魏君唐竟是一位白髮蒼蒼，瘸了一條腿的老者。不只那老者受了驚嚇，捕快也大吃一驚，名動江南的少俠，居然是個糟老頭。

這時抓也不是，不抓也不是，捕快只能將老者請回衙門問話，但審問大半天，也問不出任何結果，於是放人。

人才剛放走，竟又收到通報，查得另一間客棧投宿旅人名為魏君唐。

捕快再率領一干弓手前往截捕，又是重重包圍，又是大批人馬破門而入，只是這次魏君唐是一名老嫗，一身形銷骨立，雙目盡瞎。瞧她顫巍巍的模樣不似作偽，於是捕快留下那驚魂未甫的老婦，與滿是錯愕神情的掌櫃，集結大隊人馬回府。

接連幾次後，不由得讓府衙的捕頭大怒，親自率領十來名捕快前去查探。只是他們破門而入，所見的盡是些聾盲瘸啞的殘疾老者，哪裡有江南少俠的身影？

接連幾天，頻頻傳來發現魏君唐行蹤的通報。有時是城西，有時是城東，偶爾還會有城外市鎮的小客棧前來通報，令府衙不堪其擾，只得轉而求助提拿司協助。

臨安府衙於各個廂坊設有據點，雖然弓手衙役人數不少，但城內城外大小客棧茶館酒樓不計其數，其中幾處乃是王公貴族聚會之處，因此無法設立崗哨，天天派人監視。

無奈之下，府衙求助提拿司，請託派出人手追查，否則驚動大內，罪責傳下來，大夥兒少不了責罰。

府衙平日事務繁忙，這幾天為追拿魏君唐，幾乎將所有人手全給撥派出去，倘若將他緝拿到案，尚且情有可原。如今抓來的盡是言行不便的老者，幾百起盜竊強奪的案子全給擱在一旁，引得民怨四起，怨聲載道。所幸有提拿司接手，才有多餘人手可抽調處理。

只是提拿使僅僅二十來名，府衙袖手不管之後，「魏君唐」益發鬧得厲害，先前一天數起，沒有捕快四處捉拿，如今已是一天數十起。鬧得前來府衙報案之人絡繹不絕，沒有一刻得閒。

官府通緝魏君唐，罪名乃是竊盜。如今他大張旗鼓，引發軒然大波，臨安城內城外，人人都在探問，究竟這位江南少俠偷了甚麼東西，居然會引得府衙擱下正事不辦，調動所有人馬去追捕。

有的人說是偷了大內夜明珠，有的人則是說他盜竊庫銀，各種說法不一而足，更甚者居然有人指他擄走公主，才會引發這番風波。少數幾人明白來龍去脈，卻隻字不提。夜明珠也好，公主也罷，全然不及太祖藏寶圖重要，倘若太祖藏寶圖現世，後果定然不堪設想，只怕到時舉國動盪，人人爭相追查爭奪。

「魏君唐」引起風波，李世南與趙宏至自然知曉，只是他倆發了幾封書信至金剛寺後，便杳無音訊，如石沉大海一般。

他倆自然著急萬分，認為魏君唐乃是世上知曉太祖藏寶圖秘藏之處，若他出了意外，如同程謙牧一般，此圖再也永無現身之日。況且歸元門萬分覬覦，若讓他們得手，只怕宋室難安。

兩人終於忍耐不住，親自前去金剛寺查問，只是空寂派人到他藏身處詢問花微，花微也擔心他的安危，見金剛寺僧人上門，反倒問起魏君唐處境，令僧人一時語塞。

待空寂轉告兩人查訪無功，更令他倆大失所望，內心更加焦急。

逼不得已，趙宏至只得找上陸東聲。他開頭不找陸東聲，是因他覺得陸東聲年紀輕輕接了天劍門掌門位置，閱歷尚淺，不足與他平起平坐。

眼下遍尋魏君唐不著，雖不得已，也是得求助於他。

自程謙牧一死，陸東聲將天劍門重心轉到臨安，不再回紹興府的總壇。趙宏至前去分堂拜訪，適逢他正好在分堂內，經由弟子指引，來到大廳相見。

趙宏至將來意說明後，只見陸東聲一愣，道：「趙爺，魏兄弟正是請我替他找尋藏身居所，難道魏兄弟沒跟您說麼？」

這下換趙宏至愕然，只見他冷冷一笑，道：「好呀！陸掌門騙得我們好苦，我與世南兄焦頭爛額，沒想便是你將人藏起！」

陸東聲不知他為何而怒，忙道：「趙爺，此事我也是受魏兄弟所託，並無半點私心，況且我也是急於為師父報仇，又怎會刻意欺瞞。」

聽他提起程謙牧，趙宏至面色和緩，道：「你我同仇敵愾，自然不會刻意妄為，只是魏老弟音訊全無，我才會這般著急。」他接著問起魏君唐何以隱匿行蹤，陸東聲便推說不知。趙宏至連忙派人通知李世南，一齊上鳳棲樓尋人。

三人一到鳳棲樓，店小二見到陸東聲前來，趕忙將三人帶上樓。

魏君唐在此已住了十來天，因陸東聲每日來此尋他，聽見敲門聲，也不做他想將門推開。

門一推開，魏君唐見趙宏至與李世南俱在，先是一呆，隨即意會。連忙將三人請入房內，將門掩上。

還沒坐下，趙宏至便開口問道：「魏老弟，這是怎麼一回事？」

魏君唐面色尷尬，他先前才與兩人談妥，暫且偃旗息鼓，待兇手露面再加以擒拿，沒想到自己卻將事端鬧大，也無怪乎趙宏至不悅。他自知理虧，連忙向三人斟茶，道：「趙掌門，我之所以這麼做，是有不得已的苦衷。」

李世南嘆道：「魏老弟，這次我也沒法護你，我與趙兄雖然虛長你幾歲，卻也不曾威逼過你，你這次恣意妄為，可還將我倆放在眼裡？」

魏君唐倒是不卑不亢，道：「晚輩自知此事兇險，才不向兩位前輩稟告。」

趙宏至微微動怒，道：「既然知道兇險，為何不一起商討？要知一人計短兩人計長，何事不可說？」

魏君唐恭敬地回道：「是，趙掌門說得有理，只是君唐以為，歸元門立足已久，此處離開封甚遠，若是由開封護送錢財物資至此維持生活，時間一長，自然讓人起疑，因此君唐猜測歸元門在此地有了營生，才能蟄伏如此之久，對於先前的謠言不為所動。」

趙宏至哼了一聲，道：「那又如何？」

魏君唐道：「既然歸元門早有防備，晚輩打算以身犯險。」當下他將計畫告知兩人，讓兩人聽得冷汗直流。

趙宏至罵道：「好傢伙，這件事太兇險，我絕不同意。」

李世南頻頻點頭，道：「你已鬧得滿城風雨，如此一來，無異是自投羅網。」

陸東聲低聲道：「兩位前輩，我已規勸過魏兄弟，當時他執意不肯，我只得照辦。還請兩位前輩讓魏兄弟打消念頭。」

趙宏至勃然大怒，道：「你是怎麼辦事的？這天大事情為何不來通報？」他盛怒之下，全然忘記陸東聲此時已是天劍門掌門，居然以長輩姿態怒罵他。李世南查覺不妥，連連拉扯趙宏至衣角，低聲提醒。

陸東聲神色窘迫，道：「晚輩是……是……」

趙宏至自知言行失當，起身行禮，道：「陸掌門，趙某剛才得罪了，還請不要計較。」

陸東聲連忙起身回禮，道：「其實趙爺教訓得是，師父一死，我接下掌門之位，一時慌了手腳，才會答應讓魏兄弟犯險，是我不對。」

魏君唐截住三人話頭，道：「各位掌門前輩，晚輩心意已決不會再改。倘若不以身犯險，只怕此事繼續拖延，歸元門將日漸壯大，再也難以收拾。」

相較於魏君唐以身犯險，李世南自忖沒有這般膽識，心裡相當慚愧。他年事已高，家中僅有一名獨子，雖已成親卻終日晃蕩無所事事。他深怕自己遇險後，李家將分崩離析，才會如此膽怯，不如魏君唐無所畏懼。

李世南嘆道：「若魏老弟心意已決，李某自然不便多說，假如魏老弟還需要其他準備，儘管開口，我一定全力助你。」

趙宏至哼了一聲，道：「難道趙宏至就不如一位晚輩麼？既然你已有這般打算，我趙某便跟你一齊去，咱們並肩應對，挫挫這幫鼠輩的銳氣。」

魏君唐連忙搖頭，道：「葉花門上下全仰仗趙掌門，萬不可與晚輩一齊涉險。況且此事並非個人私情，事關宋室安危，絕不可意氣用事。」

趙宏至不悅，本要動怒，只是偏頭一想，魏君唐所言也甚有道理，若他一齊前去，只怕一見歸元門之人，當即一掌斃了他，哪能容得他們多言。當下只得忍住怒氣，閉口不語。

三人各有心思，一時無語。

魏君唐見三人默然無話，便道：「既然三位沒有其他計策，那麼事情就這麼定了。」

三人依舊不語，神色黯然。

* * *

自那天起，「魏君唐」消失在各大客棧，接連過了大半個月，再也沒有「魏君唐」投宿。這自然是讓府衙鬆了一口氣，先前衙門門檻都要被這些通報者踩爛，如今能稍作歇息，衙役弓手們各個慶幸不已。

而魏君唐便在這段時間裡，待在鳳棲樓勤修劍法，閒時修書三封，向空寂與無方秉告此事，並且對花微報平安。

空寂與無方收到書信，倒也不意外，對於魏君唐性格，無方最是了解。若非寧遠寺後繼無人，否則他絕不傳一般俗人這等重責大任。以往秘密皆由寧遠寺住持掌管，出家人四大皆空，對秘密不甚在意，其間也曾有人將消息外傳，但僧人們無所畏懼，不喜不悲，外人難以奈何，時間一久，自然作罷。

反觀魏君唐，視其為守護大任，一心為護得秘密周全，日夜奔波難以安寢。無方雖然知曉，但佛渡有緣人，魏君唐汲汲營營，再多說也是無濟於事。

空寂自魏君唐離開寧遠寺之後，便與他結交，看他憂愁國事，實在不忍心。對照朝廷重臣，每次前去金剛寺上香，祈求的全是官運亨通，家財萬貫，如此貪心不足，比起魏君唐無欲無求，不免讓他感嘆。

半個月過去，正當眾人將要忘記「魏君唐」時，城內最富盛名的酒樓醉仙樓，突然接到一張訂單，準備包下一共三層的醉仙樓。

那人留下整包銀兩與一張字條，便悄然離去。

醉仙樓老闆喜孜孜地收妥銀兩，打開字條一看，當場嚇得昏厥過去。字條的屬名正是魏君唐！

字條上寫明十天後包下醉仙樓，從那天起，醉仙樓附近便開始熱鬧。原先那些小攤子，全都擠到醉仙樓附近，人人都爭相一睹魏君唐的風采，先前「魏君唐」將府衙耍得團團轉，受盡衙役弓手欺凌的小販們，自是人人叫好。而究竟魏君唐犯了甚麼大罪，惹得重重追捕，對這些小販們來說，倒也沒那麼重要。

正因為如此，醉仙樓這幾天的生意比起往常還要好得多，平日也就將桌椅坐滿八成，眾人得知魏君唐將至，居然天天將醉仙樓擠得水洩不通。樓內坐不下，便往街上擺椅備桌，以供來客入座。不只是醉仙樓，連帶附近幾間望月、清風等酒樓都擠滿了人，深怕魏君唐來早了，錯失他的風采。

隨著日子逼近，醉仙樓附近已擠成一座小市集。衙役們天天都來趕人，只是裡頭不乏一些王公之後，幾十名公子哥成群而坐，或著三五聚集，或著帶上大批奴僕一人獨坐，夾雜在市井小民之間。

這些人自是大有來頭，弓手衙役們怎敢輕意妄動？既不能抓又不能趕，只好將整條街都封起。不足十天，醉仙樓前的小街，竟成了臨安人聚會之處，不論白天黑夜，整條街上人滿為患，喧囂震天。夜裡商號門口打起燈籠，擺在外頭的桌椅也點了燈，映得街上燭光熠熠，猶如繁星倒懸。

再隔一天便是約定之日，臨安城的賭客便抓準時機設局開莊，賭是否真為魏君唐本人前來。這場賭局不過開設半天，便收得幾萬兩賭注，足見魏君唐名聲響亮，引得眾人前來下注。

翌日一早，醉仙樓便將所有酒客請出去。樓內的酒客見夥計請人，倒也不敢不配合，整棟醉仙樓上下幾百人，不過一刻鐘全走得乾乾淨淨。

整條街知道今日魏君唐將到，出乎意料地，人人細聲交談，深怕談話聲響過大，遭受眾人白眼。

一直等到午時，眾人不耐煩之際。一人頭戴蓋頭，自街口出現。

這人一路往醉仙樓而去，手裡拿著一柄劍，只見他以鞘頭擊打地上，篤篤聲一路連綿，眾人見狀，不由得讓開一條路。

他現身之後，後頭的人便坐立難安，全站起身來探看。那人身形並不高大，許多人爭先恐後，全擠在一團，為的便是要見那人一面，看看是否真是魏君唐本人前來。

一些埋伏在人群中的衙役，見他孤身前來，反倒不敢動手，只得派人回去秉告提拿司，請求派人前來拘拿。

那人一路往醉仙樓而去，所到之處，人人皆自動避開，幾千人讓道於一人，是在場之人罕見。

醉仙樓老闆見到他來，一則以喜，一則以憂。喜的是魏君唐讓醉仙樓這幾天生意興隆，短短幾天便賺得以往一個月的利潤。憂的是魏君唐真要過來，難免引起麻煩，雖然他背後熟識朝中重臣，但真要惹出天大的禍事，任誰也不敢承擔。見到他一步步走來，醉仙樓的老闆心裡七上八下，雙腿隱隱發抖，擔憂不已。

那人到了門口，將劍繫於腰際上，緩緩摘下蓋頭，正是魏君唐！

「我便是魏君唐，若有人進來，不必攔阻。」他淡淡地道。隨即向夥計點了一壺香片，上到三樓。

他選了靠窗位置，倚在窗邊自斟自飲。樓下幾千對眼珠，全盯著他瞧。不只如此，對面兩棟酒樓清風、望月早已擠滿了人，所有人都挨到窗邊，爭著要見震動京師的頭號人物。

「江南少俠真是年青！」「好俊的漢子，想不到他生得這麼俊。」

「藝高人膽大這五字說得便是江南少俠這等人物！」

一邊是擠得水洩不通，另一邊則是魏君唐一人獨飲的愜意模樣，同是酒樓客棧，卻是天壤之別，這樣詭譎的景況，直教樓下眾人嘖嘖稱奇。

魏君唐雖然獨自一人，卻不寂寞，因為他在等人，等著應該要來的人。

他坐定沒多久，便接到小二送上的字條。攤開字條後，上頭寫著「部署已定，將於樓下助你。」

將字條細細撕碎後，魏君唐不禁莞爾，趙宏至終就放心不下，特地派人埋伏以防有失。對此他倒不已為意，因為今日便能見到歸元門的重要人物。

五、人在江湖

魏君唐早已擬定計畫，先是大張旗鼓引起注意，讓歸元門無法坐視不理，接著挑釁府衙，令府衙疲於奔命，進而對他佈下重重追捕。如此一來，他今日親自現身，定然有兩方人馬會上來醉仙樓捉拿他。一是歸元門，他們亟欲拿到藏寶圖，自然不肯錯過。二是臨安府衙，先前總總挑釁，令官府威信蕩然無存，更是不會輕易饒過他。

只是他必須賭一把，外頭的賭盤已經分出勝負，而他現在所下的賭局，卻還沒開。或者應該這麼說，這場賭注還沒那麼容易開盤。

他喝光一壺香片，又喚來小二添加茶水。跑堂小二在一旁戰戰兢兢地，深怕眼前這位通緝人犯會突然發難，否則他明知全城都在找他，卻毫不畏懼，敢在眾目睽睽之下悠然在此飲茶？

魏君唐足足喝光了兩壺茶，這才聽到一陣極其細微的腳步聲，從一樓傳來。骰盅已定，只是他不知道開出來的結果，是否就是他所下的注。聲音漸而接近，他反倒覺得一陣安寧，甚至來人已經上到了三樓，他也沒拿正眼去瞧。

那人緩緩地走近，然後接著坐在魏君唐對面。這時魏君唐才看清他的樣貌，他生得一張方正臉孔，雙目炯炯有神，面容嚴峻，著一身輕便服裝。

那人見到魏君唐如此年輕，甚是驚訝。

「你是歸元門的人？」魏君唐伸手斟了一杯茶，向前遞去。

此時外頭圍觀人潮，高聲驚呼，喊叫連連。

那人先是搖搖頭，接著開口說道：「你便是魏君唐？」

魏君唐輕輕點頭，道：「在下正是魏君唐。」

那人瞥了一眼桌上的禪念劍，面露訝異神色。他事先前低估了魏君唐，才會見面便覺驚訝不已。

「好劍！」那人喝了一口茶，又道：「茶也好，可惜了這把劍與這壺好茶。」

聽得他無禮，魏君唐倒也不生氣，問道：「還沒請教閣下是誰？」

那人一愣，哈哈大笑，道：「我還以為你早知道我是誰，才特意在此等候，想不到是我多心了。」

魏君唐微微一下，道：「能一齊喝茶便是朋友，是朋友就值得等候。」

那人面色一沉，道：「你不必捧我，我是提拿使張興飛，這次奉提拿司命令前來拘捕你。」

魏君唐嘆了口氣，他終究賭輸了，來者並不是歸元門之人。只是他雖然輸了，卻是伏有後招。歸元門對藏寶圖勢在必得，他們在此地苦心經營幾年，絕不會坐視魏君唐將藏寶圖交給官府。倘若真的讓官府得手，那這幾年的心血便化為烏有。

因此他雖然賭輸了，卻還有翻盤的機會，假如歸元門那些人及早現身，勝負之數還未可知。

「茶你也喝了，這就上路吧！」張興飛冷冷地說道。

魏君唐語氣平淡，緩緩說道：「恕在下難以從命。」

張興飛冷笑道：「你不得不從，醉仙樓已讓我們重重包圍了，便是插翅也難飛！從來沒有人可以從我手中脫逃，你自然不例外。」此話不假，張興飛乃是提拿使之首，從沒讓人犯押失，這會兒獨身上來，全因過往名聲顯赫，兼又藝高人膽大。

張興飛在臨安城的名聲響亮，與魏君唐可說是不相上下，全因他鐵捕無情，從沒人能與他討價還價，他對人犯從不手下留情，連半點情面也不給，卻開了先例給魏君唐，還同桌共飲，實在難能可貴。

但張興飛是見魏君唐年輕，深怕如前些日子誤抓老者一般，令提拿司蒙羞，這才坐下探他虛實，全然不如他人所想那般，以為他識英雄重英雄。

他見這名年青漢子神色平穩，呼息暢順，不可能作偽，便確定他是魏君唐本人。提拿使不像一般衙役隨身配帶鎖鏈，因此無法立即鎖住魏君唐。

「你若抵抗，最後吃虧的還是自己。」張興飛雙目如電，狠狠直瞪著他。

威嚇對魏君唐起不了作用，他對這些恫嚇言語早已習慣，只見他淡淡一笑，道：「在下尚有要事得辦，無法跟張提拿走一趟衙門，還請張提拿見諒，順道替府衙老爺說明。」

張興飛怒道：「放肆，你以為衙門是醉仙樓麼？容得你說不去便不去？魏君唐我見你年少，還大有可為，你今日無論如何都得跟我回去，任誰也保不了你！」

魏君唐不以為意，輕聲喚來小二，準備叫他再多添茶水。

張興飛哪裡容得有人對他無禮，以往緝拿的人犯們，聽見他的名頭大都是四下竄逃，有幾個膽子大的不願束手就擒，與他動起手來皆是全力以赴，哪裡像魏君唐這般，竟不把他放在眼裡。
他怒極攻心，一把抓起禪念劍，戟指喝道：「魏君唐！你快快就範，別逼我動手！」
一旁的夥計見要動手，嚇得全躲在樓梯處，不敢再上來。
魏君唐再次招手，喊道：「夥計，快上來添水。」
張興飛怒目而視，竟是氣得說不出話。
夥計們你推我擠，無人敢上前。
魏君唐見狀，起身要去提過滾水。張興飛看他站起，以為要逃，喝道：「哪裡逃！」當下不拔腰刀，直接抽出禪念劍直刺魏君唐。
兩人相距不遠，魏君唐輕輕避開劍尖，一路往樓梯旁的小桌而去。
張興飛罵道：「你逃不掉的！」一路揮劍阻止他下樓。
魏君唐身法奇快，避開劍鋒後，已將滾水取過來。此時張興飛恰恰將劍尖遞來，躲無可躲之際，魏君唐忙將壺蓋揭起，以壺蓋擋住這一刺！
張興飛劍尖受阻，心裡愕然，他以為此劍鋒利無比，正要一劍刺傷他再作打算，不料此劍竟沒開鋒，實是始料未及。
魏君唐擋過殺招後，迴身穿過張興飛身旁，轉而入座。
他倆相鬥時，清風樓、望月樓上幾百人皆摒著氣息，悄然無聲。待魏君唐回位後，這才大聲喝采，連聲叫好。
樓下眾人見不到兩人對招過程，只聽得兩大酒樓上的人高聲叫好，各個心急若焚，喊聲問道：「喂！出了甚麼事？」「樓上哥們，發生啥事啦？」「做啥子呀？」「上頭的給咱們說說情況呀！」一時之間，樓上樓下幾千人如滾水沸騰般，高聲叫喊欲再睹兩人交手的風采。「樓上兩位爺，要打下來打，讓大家瞧瞧。」「下來痛痛快快地打上一場，給大家開開眼界。」「張大爺子對上江南少俠，你們躲在上頭咱們怎麼看？」
張興飛看他回座，才知道他是為了取滾水沖茶。在這節骨眼，魏君唐居然著眼於無關緊要的情事，令他大惑不解。
「你別白費心思了，就算拖延時間也無濟於事。」張興飛道。對於魏君唐絲毫不在意，他漸由發怒轉而沉著。面對無法逃脫的追捕，何以眼前這名青年如此沉著？難不成他孤身上醉仙樓，另有打算？倘若如此，自己不就身在彀中？

他率先想到的，是魏君唐抗命拒捕，進而毀了醉仙樓，與自己同歸於盡，否則他怎敢如此大膽等候著？

見他額頭微有汗珠，魏君唐再倒了一杯茶遞給他，道：「天氣炎熱，張提拿莫要中暑了。」

張興飛瞪著他，卻不接過茶。

魏君唐也不覺尷尬，微微一笑後，將茶置於他面前。

張興飛處處提防著他，因此他接連送上兩杯茶都不敢飲用。

兩人一時無話，氣氛詭譎。

眾人見他倆不開口，便議論紛紛。「張興飛出了名的辣手無情，怎麼遇上魏君唐反倒不敢動手？」

「你懂甚麼？八成這魏君唐是他以前的手下，不然早該逮住了，又怎會讓魏君唐逃這麼久？」

「甚麼狗屁手下，我從沒聽過江南少俠以前還當過提拿使，你懂提拿使麼？沒有三代清白一般人能當得上麼？照我說是張興飛打不過魏君唐，正等人來幫手！」

「笑話，張興飛甚麼時候要幫手了？你當張興飛是你趙狗子，動手還得有人幫你掠陣才行？」

眾人你一言我一語，說的全是臆測，除了埋伏在人群裡的趙宏至外，沒人知道魏君唐在等甚麼，連他身前的張興飛也不明白，為何他遲遲不肯出手。

兩人無話，僵持了大半時辰。張興飛幾次要出手擒拿魏君唐，但他坐姿看似平凡無奇，卻是毫無破綻，因怕他跳窗逃亡，只得靜候時機，反正上來之前已布下天羅地網，他哪裡也去不了。

突然間，樓下圍觀者發出驚嘆聲，聲響如浪，一波波傳進兩人耳裡。

有人進了醉仙樓。

魏君唐耳力極好，在三樓便聽得樓下推門聲。於是他連忙往樓下掃視，見到趙宏至被擠在人群中，便對他輕輕地搖頭，讓他別出手，因為來者恐怕就是歸元門中人。

來者腳步聲沉重，若魏君唐不仔細聽，還道是店夥計上樓。只是他靜心聆聽後，才知道此人刻意不收斂氣息，似有故意示警之意。

張興飛以為是他同夥，便瞪著魏君唐，深怕他找來幫手逃脫。

魏君唐也知道他的心思，便輕輕搖頭，道：「張提拿，我尚有一件要事，還請不要插手。」

張興飛冷哼一聲，道：「我從不與人犯談條件。」他轉念一想，江南少俠先前名聲甚好，又怎會結黨營私，使這種伏擊的下三濫手段，想到此處，心裡鬆了一口氣。

魏君唐也不答話，只是睜大眼等候。那人一上來，魏君唐當場起身，脫口說道：「是你？」

那人一身華服，面容俊美，正是徐萬嚴。

徐萬嚴微微苦笑，道：「是我。」

張興飛手按刀柄，問道：「這人是誰？」

魏君唐淡淡地說道：「見過幾次面的老朋友。」

張興飛心中起疑，既然是老朋友，何以只見過幾次？當下喝道：「魏君唐，你別耍花樣！」

魏君唐雙目直視徐萬嚴，卻不答話。

「魏兄逼得我好苦。」徐萬嚴苦笑道。

「你早已知道我是誰？」魏君唐問道。

徐萬嚴「嗯」了一聲，道：「我也是之後才知曉。魏明何為名何，江南少俠果然行事低調。」

魏君唐問道：「既然你早已知道我的身分，為何不脅持我？」

張興飛見他倆居然不當他一回事，怒道：「我不管你們是甚麼關係，你若不馬上隨我回去，我便將你們兩個一起拉走。休怪我不給你這位江南少俠顏面，到時手套腳鐐一樣不缺！」

魏君唐向他抱拳道：「張提拿，還請稍候，我得將此事了結。」

張興飛一怒之下，來到窗邊喝道：「全都上來！」他喊聲剛落，人群裡便有十來人衝上樓。外頭的群眾，見不到三人言行，正自鼓譟，見到有人衝入醉仙樓，當下便亂成一團，人人爭相擠入醉仙樓裡，欲一睹究竟。

張興飛早已安排衙役弓手混入人群裡，不待亂子展開，便給壓下了。

「魏兄忒也瞧扁了萬嚴，你我一見如故視為好友，我又怎會逼迫你？」徐萬嚴道。他剛說完，十三名提拿使已經上到三樓。只是魏徐兩人頗為鎮定，不受絲毫影響。

「徐兄好高明的手法，以退為進，令我難以招架。只是程掌門的仇，魏某不敢相忘。」魏君唐說話時，雙目凌厲，令在場眾人不寒而慄。

張興飛不願再多做糾纏，喊道：「將他們全帶回去。」

魏君唐心裡微微動怒，道：「張提拿，我眼下還有事情尚未釐清，還請稍候。」他話說的客氣有禮，但面色不善，明眼人一看便能知曉他已有怒意。

張興飛哼了一聲，道：「我從不……」話沒說完，魏君唐突然發難，伸手要去抽他腰刀，張興飛大驚之餘，連忙出手隔擋。只是他右手握著禪念劍，左掌不及他雙手靈活。腰刀眼見要被抽走，便出掌攔阻，也就這時間，他疏忽右手破綻，魏君唐輕敲他右腕穴道，張興飛只覺手一麻，禪念劍便落地。

禪念劍尚未落地，魏君唐右腳將它吸起，轉眼間光陰，禪念劍易手。其他提拿使睜眼看著兩人交手，但兩人對了三招，不過瞬息之間的事，當他們意會拔出腰刀時，兩人已經罷手。

張興飛臉上一紅，他武藝甚高，絕不可能三招之內便給他奪去手中兵刃，全因魏君唐突然發難，但自知自己武藝尚遜魏君唐。於是只得冷哼一聲，並不敢貿然動手。

魏君唐自是聰明人，明白張興飛相讓，當下手抱拳，道：「多謝張提拿通融。」

只是這奪劍過招，全讓兩大酒樓上的人瞧得清清楚楚。眾人轟然哇地一聲，全然沒想到張興飛竟不是魏君唐的對手。

不消多時，樓下眾人也聽聞了兩人過招，張興飛兵刃被奪之事。縱然沒有親眼目睹，人人皆是高聲叫好。

「程謙牧掌門是你所殺？」魏君唐問道。

徐萬嚴面無表情，緩緩點頭。

魏君唐內心沉痛，他認識徐萬嚴不過幾天，他看似是紈絝子弟，但行事有度，禮節周到，想不到竟是歸元門奸細。他對徐萬嚴本有好感，只是斬殺程謙牧，兼又存心親近他，如此不安好心，令他沉痛萬分。

「我早已看出你爭強好勝，想不到你為求目的，居然如此卑鄙。」魏君唐哀痛地說道。

徐萬嚴一呆，道：「我自認好強，卑鄙兩字卻不敢當。」

「既然如此，為何要殺程掌門？」魏君唐怒道。一想起程謙牧的死狀，他不由的怒從心起。

徐萬嚴嘆道：「此事乃是誤會，我從無傷害程掌門之心。」

「可你卻有奪寶之意！空寂住持與你對弈，早已看出你專走偏鋒，當時我聽聞告誡，不過以為你太過好勝，無法自制心障，殊不知你竟是歸元門的人！」

歸元門在宋境曾犯下幾起命案。其中趙宏至之子趙劍楚，以及程謙牧這兩起命案格外受到提拿司注意。如今徐萬嚴與歸元門關係匪淺，張興飛知道機不可失，當下安排其餘提拿使守住兩人，不讓他倆有逃脫的機會。倘若今日縱放了徐萬嚴，日後要捉拿歸元門人，更是難上加難。

「我倆各有苦衷，此乃身不由己，但你我初識，我並不知曉你便是魏君唐。」徐萬嚴道。

「只可惜你終究查得我便是魏君唐，才會拉攏我，好進一步讓我交出秘密！」魏君唐冷冷地道。

徐萬嚴深覺無奈，道：「我雖使計拉攏，卻不曾逼迫。魏兄我視你如友，你應當明白。」他開設商行，一方面在臨安落腳營生，另一方面則是投魏君唐所好，希冀能拉攏他加入，進而卸下他心防，套出藏寶所在。只是他錯手刺死程謙牧，導致計策失敗，通盤皆亂。

他知曉魏君唐身分，乃是歸元門耳目告知，他才得以明白，原來這位平凡無奇，一路客氣有禮的青年，便是名震江南的少俠魏君唐。

只是他那幾日與魏君唐相處，見他待人誠懇，言行溫文有禮，便有結交之意。雖然藏寶重要，卻也不願失去這位朋友。他本想低調行事，欲親近魏君唐後，再行套出秘密，以免傷及兩人和氣。只是魏君唐屢屢逼迫，散布消息引得眾人注意，徐萬嚴沉住氣不敢對他出手，一來他不知魏君唐藏於何處，二來不願讓他知道自己身分。因此對程謙牧出手，欲擒拿他交換祕密，如此便不傷兩人關係。

豈料他一時失手，誤殺程謙牧，令計策失靈。

程謙牧橫死，以致魏君唐變本加厲，大鬧臨安城府衙，待府衙多方通緝之後，卻又預告現身，逼得徐萬嚴不得不出面，以免藏寶落入大宋手中。

「魏某沒有你這種朋友。」魏君唐一字一句地說道。

聽聞這句話，徐萬嚴一陣心寒，道：「我並非有意傷害程掌門，全因魏兄逼得急了，我才會出此下策。」

「你若不是貪求藏寶，又怎會一錯再錯？況且趙掌門的兒子趙劍楚，也是被你們所殺，難道我說錯了麼？」魏君唐冷視著他說道。

「趙劍楚死時，我身在金國，並非我所為。」徐萬嚴急忙辯解。

「徐萬嚴，你不必再多說。」魏君唐說後一愣，又道：「萬嚴，完顏。你是完顏家的人？」

徐萬嚴輕輕點頭，嘆道：「不錯，我正是完顏家的人。」他自曝出身，便不得不跟魏君唐斷絕所有干係。

魏君唐恍然大悟，道：「難怪歸元門勢力龐大，原來是金國朝廷一手扶持。魏某不敢高攀完顏公子，你我道不同不相為謀！」

張興飛驚得瞠目咋舌，眼前這位貴公子居然是金國皇族。宋金兩國正值多事之秋，倘若他將徐萬嚴捉拿回去，不免受到主和派的大臣們為難。假若不拿下他，提拿司便得遭受主戰派彈劾。此事關係重大，他不敢貿然決定，只得派人前往提拿司與府衙，請諸位大人主持。

「我與魏兄一見如故，想不到今日撕破了臉。」徐萬嚴嘆道。魏君唐心裡沉痛，他為人和善，卻甚少與人結交，程謙牧是其中之一。前些日子遇上了徐萬嚴，才覺他為人可親，想不到卻是金國皇族。更料不到竟是他出手殺了程謙牧。當日見他左臂受創，如今細細想來才知是遭受程謙牧所傷。他處處隱瞞，處處算計，即使他未沒傷人、不為金國皇族，也再無結交的可能。

「多說無益，我倆已無瓜葛，今日我無法替程掌門報仇，來日定然上門討個公道。」魏君唐面色嚴寒，緩緩說道。他話說完，接著向張與飛抱拳說道：「張提拿，待我事情完結，定會負荊請罪。恕在下告辭了！」

只見他突然出劍，直向一名提拿使面門而去。那人殊不知他說打便打，全然毫無防備，只得狼狽滾開。

魏君唐正是要他離開，待圍合陣勢露出缺口，當即竄出，沿著樓梯而逃。

見他遁逃，張興飛大怒，喝道：「別想走！」抽出腰刀便要追去。「別攔他！」徐萬嚴左腳踢飛長凳，直往張興飛後心而去。張興飛聽後頭有異聲，回身一瞧，長凳已貼至面門。他大驚之餘一刀將長凳劈成兩截。

餘下的提拿使也是大驚失色，紛紛將腰刀拔出，對著徐萬嚴。其實徐萬嚴出手並非為保護魏君唐周全，只是他不願魏君唐被抓，向大宋交出藏寶圖。若然如此，他便滿盤皆輸，再無翻身機會。因此他情願落入提拿司手中，也要護得魏君唐離開。

魏君唐下樓後，隨即蒙上面巾。出了醉仙樓後，埋伏於人群之中的衙役弓手們，發喊一聲，便要圍上拘拿他。魏君唐當下使了眼色給趙宏至，一腳踩上擺在外頭的方桌，縱身跳上屋，隨即展開身形狂奔。

衙役弓手們一個個追上，趙宏至對歸元門之人恨之入骨，但眼下不是計較的時候，況且徐萬嚴孤身一人對上十來名提拿使，定然無倖，因此他決心助魏君唐逃脫。當下大喊一聲「攔下」，葉花門人當即現身，攔住衙役去路，任由他們睜眼看著魏君唐遠去。

魏君唐既已走遠，圍在醉仙樓底下的幾千人，登時亂成一團，葉花門人攔阻衙役去路，雙方打大出手，令原本雜亂的情勢添上不少亂子。衙役不知葉花門派出多少人，因此見人便打，見人便抓，場面隨即失控。

「哎喲我的媽呀。」「打人啦，官差打人啦。」幾千人四下逃竄，搗毀不少攤子。清風、望月等酒樓看眾人亂成一鍋粥，趕緊將門板封上，免得酒樓平白遭受波及。

酒樓上幾百人見樓下打得狠了，平時他們自然是受夠了衙役欺擾，此時看他們逢人便打，登時心頭火起，顧不得往後處境，便將桌椅往樓下官差砸去。

待半個時辰後，府衙調動大隊人馬過來，才鎮住騷亂。只是魏君唐早已失去蹤影，再也尋不得人影。

場面如此狼狽，全因趙宏至一手操辦。他隨即被提拿使拿住，連同徐萬嚴，一齊送至府衙，靜候定奪。

幾千人引頸企盼的盛會，卻是狼狽收場。魏君唐從容脫逃，讓府衙顏面無光，而提拿使張興飛攔不住他，也被人引為笑柄。幸好眾人不知徐萬嚴身分，府衙與提拿司縱然怒不可遏，卻也不敢過分聲張，悄悄將人犯上報朝廷，以免臨安城再掀波瀾。

魏君唐更換衣裝後，返回藏身居所。

他一回家，花微馬上迎了上來，抱著他哭道：「少爺你可回來了。」他不過出門幾天，卻讓花微哭得這般驚天動地。他詫異道：「出了甚麼事？」

花微搖搖頭，抽抽噎噎地道：「我聽說少爺你一個人去了醉仙樓，我害怕，害怕少爺你被官差抓走。」她出門採買，經常見到衙役弓手欺凌販子，砸攤拉人，要不就當街痛打，因此他對這些官差更是畏如鬼神，聽聞魏君唐隻身涉險，便傷心欲絕，深怕他被打入牢中，再無相見機會。

魏君唐心裡一凜，他漂泊江南已久，經常四處泊宿，從不依賴他人。如今程謙牧身死，徐萬嚴欺瞞，他甚是心灰意冷，然而見花微哭腫了雙眼，如此企盼他平安歸來，不由得心頭一熱。多少年花微一直待在自己身旁，也只有她才會點著門前那盞燈，讓他在夜裡歸來，有一盞指引的燭火。

自他五年前救出花微，尋覓此處藏身後，他便為了藏寶圖一事四下奔波，從沒心思去顧及她所想。直到近日，他遇上種種慘況，才會驀然驚覺，花微竟是如此依賴自己，而自己從沒發覺。

「莫哭。」魏君唐輕輕擦去她臉上的淚水，道：「我不是平安回來了麼。」

他輕聲寬慰，花微卻抱得更緊，哭得益發厲害，由如摧心斷腸一般。待她哭得累了，這才鬆手。

「少爺對不住，我實在，我實在太害怕了。」花微抽抽噎噎地說道。

魏君唐微微一笑，道：「不要緊。」他說完便覺胸口一片涼意，低頭瞧去，竟是花微將他衣衫哭得濕透。

花微臉上一紅，道：「我替少爺更衣。」她轉身進入內室，去取魏君唐的衣衫。

「好。」魏君唐輕輕一笑，坐下等候。

他見桌上幾封書信，搖頭苦笑，心裡暗道：「想不到我闖出這麼大的禍事，還有人想見我。」

他隨手拆開書信，大多是趙宏至與李世南的邀約，見上頭日期，正是他避居鳳棲樓其間所發，餘下有幾封便是府衙的通緝信函，責令他立即投案。魏君唐將最後一封信函抽出，頓時「噫」了一聲。

那封書信以火漆封口，不由得讓魏君唐格外重視。前一封以火漆封口的書信，正是通報程謙牧死訊，因為他見到這封信，心底不由得擔憂，深怕又是噩耗。

他小心翼翼將信拆開，裡頭只有一張字籤。魏君唐拿起一看，上頭僅僅書上「回寺一敘」四字。上頭筆法遒勁飽滿，應為出自無方手筆。

只是為何一張字籤需要以火漆封口，令他百思不得其解。

隨後花微從內室出來，打斷他的心思。

「花微伺候少爺更衣。」

魏君唐起身背著她，將衣衫除下，道：「我要回寧遠寺一趟，馬上就走。」

花微「啊」了一聲，顧不得魏君唐赤身裸體，竟從背後抱住他，哀求道：「少爺別走，外頭不太平，你要是出門，會給官差拿捉去的。」她緊緊環抱魏君唐腰際，語帶哽咽。

魏君唐知道花微捨不得他犯險，才會不顧禮節，一再與他肌膚相親，只是書信詭異，讓他不得不走。他背上一片濕濡，直到花微鬆開了手，將其擦拭乾淨。

「我很快就回來。」魏君唐道。

花微在身後替他更衣，不發一語。

將衣裝整理妥當後，魏君唐藏好禪念劍，低聲說道：「我走了。」

他直到離開屋子，將門掩上那一刻，才聽得輕輕地一句：「少爺路上小心。」

門外又待了一陣，他輕輕地嘆了一口氣，這才離開。

魏君唐知道花微在門後等著，等著自己離去的腳步聲，只是他以往都不知道，不知道花微曾經這樣一次次的等候著，然後一次次的期盼他歸來。他從不認為此地是自己的家，他總以為這地方不過是藏身居所，逃避外人侵擾，逃避江南少俠一身俠名，逃避正義重擔的避世之居。花微卻一直把這裡當成自己的家，每日灑掃乾淨，每餐都盡量豐盛，深怕他突然回來，深怕他飢渴交迫。

這幾年他奔波不停，致力滿足江南各地期盼。紹興府陳家遭劫，他前去擒拿竊賊，追回失物。臨安王丞尉愛子失蹤，也是他出面救回。他屢屢出入險境，卻從來沒有想過花微是如何的擔心，以至於令他覺得自己竟是這般荒謬，何以在出門時，未曾發覺花微擔憂的神情，也未曾察覺他返家時，花微是那麼的欣喜。

他在門外輕輕的嘆息，很輕很輕的聲響，連魏君唐自己都幾乎聽不見。但他知道，門後的花微聽得清清楚楚。

上街之後，魏君唐喬裝易容，躲避衙役的追查。街上滿是衙役巡邏，魏君唐為了不被追捕，只得轉行小巷，進密會居所裡，從後門搭乘小舟，沿著水路而行。

水路無人盤查，魏君唐一路行到盡頭，才從容上岸。他為免得讓人起疑，並不遮戴蓋頭或面巾，只在臉上黏上假鬍，並且披散著頭髮。而這樣簡陋的喬裝，居然讓他躲過重重崗哨。

只是餘杭門守衛森嚴，他並沒有把握能硬闖。他躲在城門附近的屋舍旁，苦思如何闖過關卡。

他苦思了近一個時辰，實在毫無辦法時，卻見到天劍門的弟子們準備出城。魏君唐心中大喜，趕忙上前招呼。那幾名天劍門弟子見他一頭散髮滿臉汙穢，還以為是街邊乞丐要乞討，嫌惡地罵道：「去，去，別礙了爺們的路，滾遠點。」

魏君唐深怕他們大聲嚷嚷招來衙役，連忙現出天劍門令牌，低聲說道：「幾位朋友，借一步說話。」

幾名天劍門弟子見一位乞丐居然懷有天劍門令牌，全懵住了。魏君唐帶著他們幾人進到附近暗巷，道：「幾位朋友，我有要事相求。」

帶頭的弟子將手搭在劍柄上，問道：「你是誰？為何有我天劍門令牌？」

「這令牌是陸掌門親自交付給我的。」魏君唐道。

那人一愣，道：「胡說，掌門說過令牌是交給江南少俠，方便他行事，為何落入你手中？」他說到後頭，兩眼瞪大，結巴問道：「難不成你是魏君唐魏少俠？」

魏君唐淡淡地道：「在下正是魏君唐，才要幾位朋友相助。」

在場幾人嚇得說不出話來，想不到戲鬧臨安府衙，於提拿司追捕下從容逃脫的魏君唐，竟是眼前這名乞者？

「我遭受重重追捕，才不得已喬裝，如今城門守衛森嚴，還得請幾位助我出城。」魏君唐抱拳說道。

帶頭那人開頭時半信半疑，後來仔細一想，魏君唐武功奇高，絕不可能將令牌丟失，況且令牌上只刻有一個劍字秦篆，除天劍門的門人外，尋常人定不知曉那便是天劍門的信物。

「既然魏少俠有命，我們赴湯蹈火，在所不辭。」那人回禮說道。

眾人分批行動，有幾人回到分堂取來天劍門服飾，另外幾人則是打來乾淨清水送去。稍作打理後，魏君唐臉上假鬍不卸，喬裝成天劍門弟子出城。

經過關卡時，看門衛兵拿著畫紙認人，那幾名天劍門弟子看似鎮定，實則內心驚恐不已，深怕事跡敗露，免不了遭受拘拿。而魏君唐卻出奇的平靜，好似他真是一名天劍門弟子，而非通緝人犯。此時他更服戴冠，與畫上人像不符，自然是輕易過關。

出了城門後，幾名天劍門弟子才鬆了一口氣。

「魏少俠，這是掌門責令我出城後轉交給你，我們本要前往紹興總壇，怕魏少俠出入城門不便，所以掌門讓我們幾人留在附近，待魏少俠辦妥事情，再一齊入城，免得形跡敗露。」帶頭的弟子雙手呈上一封信函，說道。

魏君唐接過信函，再三道謝，道：「勞煩諸位，魏某先行離開，回頭再來麻煩各位朋友。」

眾天劍門弟子皆是抱拳回禮，待他走遠，這才七嘴八舌。「師兄你瞧見沒有，魏少俠腳步穩健，輕功定然不弱。」「我倒注意他的呼息，我見他走路時，呼吸連綿悠長，吐氣輕輕淡淡，實在了得！」「不知道他與掌門誰的武功高？」此話一出，引得眾人一齊閉嘴。

帶頭弟子罵道：「別亂嚼舌根，咱們先去尋落腳處，誰敢再多說，我賞他兩個耳刮子！」

魏君唐隨後換去天劍門服飾，匆匆趕往寧遠寺。一路上他沒有歇息，終於在日落前趕到。

他一進寧遠寺，只覺一陣荒涼，遍地落葉無人灑掃，大殿窗紙殘破也沒人貼補，積累在殿內地板的香灰隨風聚散。

魏君唐一呆，心道：「怎麼沒人灑掃？師父與性德呢？」他穿過大殿，來到後院廂房。只見各個房間破舊不堪，有的窗紙盡爛，大風一起便將枯葉吹入。有的則是門閂斷裂，隨風開闔嗤嘎作響。他見小時自己的房間門軸蛀空，整片橫倒在門檻上，甚是淒涼。

整間寧遠寺無人整理，猶如荒廢一般。

魏君唐一間間查看，見到無方房裡透著光亮，便提身奔去。他輕輕敲門後，隨即推門而入。

只見性德正在替無方擦拭手腳，而無方閉著眼躺在床上。

魏君唐心裡一驚，連忙來到他床前，喊道：「師父？」過了良久，無方才緩緩睜開眼，道：「你來了。」

聽他說話有氣無力，魏君唐心裡著急，慌道：「師父出了甚麼事？」

無方輕咳兩聲，道：「你扶我起身。」

魏君唐與性德兩人一左一右，將無方攙扶起身，讓他靠在床上。無方坐定後，道：「性德，你去將東西拿來。」

「是。」性德轉身拉開抽屜，取出一個木盒。

魏君唐問道：「師父，這是甚麼？」

無方嘆道：「這幾年我舊疾復發，已經時日無多了。寧遠寺後繼無人，我已將機關破除，取出其中這只木盒，盒子你必須妥善保存，裡頭藏有太祖藏寶圖。」

魏君唐愕然，急道：「師父，我認識一些內傷大夫，不如我送您去救治。」說罷便要背他起身。

無方突然生出一股內勁，伸手壓著他的肩頭，令魏君唐不得不坐下。「你的事我已聽說，盒內有塊丹書鐵券，你得善用此物。」無方臉色蒼白，緩緩說道。

魏君唐只覺無方的內勁詭異，一下猶如怒海波濤，震得他內臟隱隱作痛，一下卻如細涓小何，若有似無。這時他才想起，原來上回聽無方呼吸時快時慢，倒不是真在考驗他，而是受了極重的內傷才會如此。他知道無方命懸一線，方才又妄動內勁，只怕此時已油盡燈枯，不由得悲從中來。

性德一見到他落淚，便跟著哭了起來。他這幾日跟在無方身旁，無方病情時好時壞，他獨自一人照料他，只覺說不出的害怕。因此一見到魏君唐落淚，也不由得放聲大哭，不能自制。

六、丹書鐵券

無方淡淡一笑，道：「苦空無常。若你們心中挑起太多重擔，一下子疲了，自然走不遠。」

魏君唐收拾眼淚，悲切道：「是，徒兒知道了。」

無方氣若游絲，靠在床頭，喘著氣道：「你可知道我為何傳你禪念劍？」

魏君唐搖頭，悲道：「徒兒不知。」

「你遲早會明白的。」無方說罷，只見他雙眼一闔，溘然長逝。

魏君唐悲慟已極。他從小得師父收養，待他如父，任憑他在寺裡作亂胡鬧也不打不罵。如今無方突然圓寂，令他內心哀痛，哭得不能自己。

性德年紀尚幼，見無方死去，一面輕搖他遺體，一面哭喊。兩人一長一幼，悲慟莫名。

一夜未眠，兩人將無方遺體收殮妥當後，於寧遠寺外火化。魏君唐紅腫著雙眼，空洞無神地看著遺體讓烈火吞噬，喃喃念道：「萬般皆是苦，萬般皆是苦。」

待遺體火化後，魏君唐將無方骨灰收至小罈中。

「性德，你日後有甚麼打算？」魏君唐問道。

性德茫然地搖頭，道：「住持圓寂了，我不敢一個人待在寺裡。」

魏君唐嘆道：「你若不想待在寧遠寺，可以前去金剛寺繼續修行。」

性德搖頭說道：「性德不想繼續修行了，想還俗。」他也是讓無方收養的孩子，當無方一死，他便不想繼續為僧，以免觸景生情。

「好，那你跟著我吧。」魏君唐讓性德回寺收拾行囊後，兩人一起上路。

兩人一路上閒聊，性德談的說的全是寺裡的瑣事。不由得讓魏君唐好奇，問道：「性德，你入寺之前，都做些甚麼？」

性德天真地說道：「我娘說讓我出來玩，她帶我過來燒香後，說過幾天再來接我，都過好久啦，她都不來接我回家。君唐哥哥，你能帶我回家麼？」

魏君唐心頭一揪，心想：「原來他也是給爹娘拋棄的孩子。」這幾年邊界甚是不安寧，許多人家養不起孩子，或是耐不住苛刻賦稅，於是一個個將孩子往寺院裡送去，以節省家中開支。

有感於兩人身世相仿，魏君唐心頭鬱悶，卻強顏歡笑，道：「好，我改天帶你回家。」

性德聞言，喜道：「我娘出門前還特地做了糯米糕，那滋味可好了，希望回去還剩著，別讓大哥們都給吃光了。」

魏君唐只覺一陣酸楚，他自己年幼時，讓父親拋棄在市集，前幾年也是癡癡想著要回家，直到稍稍懂事後，才明白自己給爹娘拋棄了。他永遠忘不了當時的失望，當他明白以後，便大肆破壞寧遠寺，要不就戳破所有的窗紙，不然就是在早晚課時，不停敲打寺鐘，鬧得眾僧不得安寧。但大家都包容了他，尤其是師父無方和尚，當他闖禍後，只是笑吟吟地好言相勸，從不打不罵。

想到此處，他眼淚又險些落下。幸好性德走在前頭，才不至於被查覺。

「君唐哥哥，住持說性德是法號，我還俗之後要叫甚麼名字？」性德喜孜孜地問道。

「你在家中，爹娘都教你甚麼？」魏君唐問道。

「他們都叫我阿狗。」性德道。

魏君唐眉頭一皺，總不能這樣幫他取這樣的名字，接著又問：「你知道自己姓甚麼嗎？」

性德搖搖頭。

魏君唐苦思一陣，道：「既然如此，那你跟著我姓吧。魏君唐這名字也是師父取的，那你以後就叫……你就叫做魏天霞吧。」

性德問道：「甚麼是天霞？」

「這是取名天半朱霞其中兩個字，希望你以後行事端正，清風亮節。」魏君唐道。

魏天霞笑道：「我知道了。」

兩人一齊來到金剛寺，求見空寂。

一見面空寂便瞧見魏君唐手中的小罈，當下心裡了然。三人進到內室後，空寂首先開口，嘆道：「無方師兄終究先去了。」

魏君唐聽他這麼說，知道他早已知情，便道：「住持，既然你早已知道，為何不告訴君唐？」

空寂看了他一眼，道：「無方師兄知道藥石罔效，所以不讓我提醒你。況且師兄自知你肩負重任，不願多添你的麻煩。」

魏君唐甚是不悅，道：「身為弟子替師父分憂解勞乃是天經地義，況且不請大夫來診治，又怎麼知道藥石罔效？」

「無方師兄的傷勢由來已久，已有三十年。一直以來都以內息壓制傷勢，只是近年來他身子大不如前，所以越來越虛弱，以至回天乏術。」空寂輕輕一嘆。

「難道無法可治？」魏君唐問道。

空寂點頭說道：「早年無方師兄與人對招，受了一記勁力獨特的掌法，才會積傷至今。」

魏君唐想不到和藹的師父，長年因傷所苦，卻能如此達觀。自己身體清健，只因受外事所擾，便經常心煩意亂。相比之下，魏君唐自覺慚愧。

「無方師兄一生無掛無礙，唯一不忍你年紀尚輕，便要對抗兩國逼迫。不過凡事因緣而生，你有這份機緣，也是難得。千萬別怪無方師兄，他也是不得已。」空寂說罷，低聲念了一句佛號。

魏君唐道：「君唐怎會責怪師父，縱然私情不提，此事關乎我大宋安危，便不能坐視不理。」

空寂嘆道：「你若能這麼想，那是再好不過。只是無方師兄說得不錯，你忙碌半生，汲汲營營為了甚麼？一切名聲都是虛無，留念徒然無益。」

魏君唐一怔，道：「君唐行事從不為一己之私，住持何以這麼說？」

「這幾年來你為周全江南少俠這個名號，進而四處奔波，無方師兄全都知道。你成名甚早，卻也因而所累。」空寂緩緩說道。

魏君唐慚愧地道：「住持說得是。」他這幾年行事低調，卻有求必應。自稱俠義行事，但是心底明白，全因江湖中人抬舉他，稱他為少俠，因此不得不攬下求助於己的大小事。這次歸元門來犯，也是受趙宏至所求，才會主動攔截。

以往無方提點他過於執著，他總不清楚其中所說，今日空寂一語道破，方才明白以往所作所為，全是礙於「江南少俠」的名號。否則大多事報請官府便可解決，何必疲於奔命，令自己不能安寢。

空寂道：「我言盡於此，剩下的只能看你造化。」

魏君唐作揖說道：「多謝住持提點。」

「你不必謝我，這些是全是無方師兄所說，老僧不過加以轉述罷了。」空寂說道，接著他看見天霞安靜地捧著茶碗喝茶，又道：「這是不是性德麼？既然寧遠寺無人，不妨過來我這邊，生活起居也有個照料。」

魏天霞聽見叫他，呵呵一笑，道：「住持不必啦，我已經還俗了，我決定跟著君唐哥哥，以後我不叫性德，君唐哥哥幫我取名叫做魏天霞。」

空寂「哦」了一聲，哈哈大笑，道：「好，天霞這個名字好，既然你有人照顧，老僧也在這裡替你高興。」

隨後兩人向空寂辭行，他倆離開金剛寺後，聽聞身後隱有超度誦經聲，魏君唐輕輕一嘆，心道：「萬般皆是苦，萬般皆是空。」牽起天霞的手，道：「我們走吧。」

不過一小段路途，兩人來到餘杭門附近。一名天劍門弟子遠遠見到他來，便揮手示意。

魏君唐將鬍子黏上，更換天劍門衣裝，帶著天霞一起入城。入城盤查甚是鬆散，加上有了上回經驗，一干天劍門弟子倒也不怎麼緊張了。

一夥人入城後，魏君唐正要道謝，帶頭的弟子卻將他倆拉到一旁，細聲說道：「魏少俠，掌門教我通知您，葉花門趙掌門日前被擒，正在府衙裡聽候審判，掌門希望您若有辦法，務必將趙掌門營救出來。」

魏君唐心頭一驚，問道：「多久的事？」

「魏少俠離開醉仙樓不久，趙掌門為護您離開阻攔官差，因此被提拿使擒住。」那弟子道。

「已經過這麼多天了？」魏君唐想不到趙宏至為讓自己脫身，不惜以身犯險，若不能除去歸元門一幫人，倒對不起他的一番苦心了。

他再三向幾位天劍門弟子道謝，帶著天霞回到小舟停泊處，只是還沒靠近，他便看見有幾位官兵把守著，想來是遍尋不著他，因此也將水路封起，以防有失。無奈之下，只得專行小巷，一路躲避官兵盤查，回到藏身居所。

才一進門，魏君唐便給花微抱住，她喜道：「少爺你平安回來了，沒有騙我。」

魏君唐連忙將她推開，這時花微才見到另有他人，不由得臉紅過耳。

當下魏君唐將木盒安置妥當，接著入座，將無方與天霞的事情詳實說明。

花微知道他最敬重師父，聽聞無方圓寂，不由得眼眶泛紅，道：「少爺你別難過了。」

魏君唐點點頭，接著問道：「這幾天有信函麼？」

經他這麼一問，花微連忙去取過書信，交付給他，道：「這幾天不多，但昨天接連來了三封。」

前兩封乃是天劍門陸東聲掌門以及葉花門劉思忠所發，信中所言全是懇請魏君唐營救趙宏至掌門，最後一封卻是屬名復北商號。魏君唐雙眉一皺，急忙拆開查看。

復北商號正是徐萬嚴為了隱藏歸元門人馬，特意設立的商行。

魏君唐展信讀完，面色不由得一沉。

「少爺怎麼了？」花微連忙問道。

「他出來了。」魏君唐壓著怒火，說道。

魏天霞愣頭愣腦地，道：「君唐哥哥，是誰出來了？」

魏君唐深吸一口氣平復心情，道：「歸元門徐萬嚴被放出來了，看來此人本事不小，居然這麼快便給放出來了。」

「他是誰呀？很厲害麼？」魏天霞問道。

魏君唐點頭，道：「程謙牧掌門就是死在他劍下。」

花微曾與程謙牧打過照面，知道他是一位和善的老者，也明白他武藝過人，不料他死在徐萬嚴手上，只見她聲音顫抖，說道：「少爺，他這麼厲害，我們別去招惹他。」

魏君唐笑著搖頭，道：「程掌門與我相交多年，況且對方沒奪到藏寶圖，無論如何都不會罷休的。」

魏天霞道：「君唐哥哥，信裡面說甚麼呀？」

「徐萬嚴約我三天後到金剛寺外一敘。」魏君唐道。

花微大驚失色，「啊」了一聲。她正在添放香片，聽聞消息便慌了手腳，讓壺罐跌落，登時摔個四分五裂。魏天霞讓她嚇了一跳，鎮定後連忙去取來清理。

「妳沒事吧？」魏君唐上前問道。

花微抿著嘴，搖搖頭。只是她雙眼泛淚，泫然欲泣。

「你有被割傷麼？」魏君唐上前拉著她的手查看。

花微「哇」的一聲，撲倒在他懷裡，哭道：「少爺，你千萬別去。」

天霞愣然地看著兩人，一邊清掃裂片。

「妳難道不相信我麼？」魏君唐問道。

花微含淚說道：「我相信少爺，但是……但是……」

「但是怕我失手？」魏君唐道。

花微輕輕點頭，不敢答話。

魏君唐回到位上，道：「我一定要去，若不將事情解決，我們永遠沒有安穩日子。」他輕輕拭去花微眼淚。「我答應你，一定平安回來。」

花微低聲哭道：「但願……但願少爺別騙花微。」

茶壺碎片清理乾淨後，魏君唐將木盒拿出，從裡頭捧出一只壺筒狀的物品，置於桌上。

「這是甚麼？」魏天霞瞪著眼細細瞧看，問道。

「這便是丹書鐵券。」魏君唐道。

丹書鐵券乃是壺筒狀，上頭刻有太祖所立的半邊誓詞，若與朝廷所持的另一半鐵券比對，可得完整信誓。此物正是當年太祖傳給柴家的鐵券其中之一，但憑此物，大小罪責皆可免除。

天霞這時才知道，先前自己所想要的丹書鐵券，竟是這副模樣。

魏君唐道：「花兒，天霞，你們倆幫我一個忙。」

魏天霞問道：「甚麼事？」

「將鐵券送去府衙，讓他們釋放趙掌門。」魏君唐道。

兩人聽聞此話，俱是嚇了一跳。一位是沒見過世面的少女，另一位則是十歲孩童，讓他們進出官衙，如何不叫兩人害怕？

「我……我不敢去。」魏天霞低著頭囁嚅說道。

花微也是心裡害怕，道：「少爺，我也不敢去。」

魏君唐微微一笑，道：「不要害怕，你們帶著鐵券去，他們不敢為難。」

推託一陣後，兩人才勉為其難的同意，將鐵券包上，緊緊牽著彼此的手，戰戰兢兢地往府衙而去。

見他們出門後，魏君唐將木盒藏起，隨即喬裝出門。

他一路來到城西君子門的宅院，到了宅院前，卻見大門緊閉。魏君唐心底疑惑，君子門接鏢營生，怎麼關起大門不做生意？倘若出門辦事，也得留下幾人看家護院。他上前輕摸門板，上頭積了一層厚灰，顯然早已閉門多時，才會無人清掃。

魏君唐見外頭有位販售甜棗的老叟，於是掏錢跟他買了幾顆甜棗，問道：「老先生，這君子門不是專接鏢局生意麼？怎麼關門了？」

那老者露出幾顆缺牙，笑道：「他們走了才好，我一天就賺幾個小錢，還天天過來討置攤費，你不知道，他們已經逼走好多人囉。」

魏君唐「哦」了一聲，道：「不是君子門麼？怎麼會做這種下作的事？他們都去哪了？」

那老者呸了一聲，道：「他們盡是搞些骯髒手段，還甚麼君子門。我聽人說，城東那邊開了一間商行，好像是叫作復……復北。對了，就叫復北商號，他們把所有人都往那邊拉去了。這些小人我倒希望一輩子都別回來，全滾的遠遠地。」

魏君唐一邊吃著甜棗，一邊聽聞他說話，登時意會。原來當初會讓歸元門人馬逃脫，因為陳無常便是向著歸元門，所以才會去而復返。至於死了兩個弟兄，不消說，恐怕是抓了兩名過路旅人當替死鬼。這也可以一併解釋，為何魏君唐行事隱密，卻會曝露身分，讓徐萬嚴得知他便是江南少俠，因為告密之人正是陳無常。

想通這點，魏君唐心裡已然明白整件事情來龍去脈。幸好自己來了這一趟，才不至於被蒙在鼓裡。

他本想天劍門與葉花門，還有李世南俱是被人盯上，動彈不得。而陳無常為人仗義，欲請他在這三天內打探徐萬嚴的虛實，不料發現這件秘密。陳無常一定沒有料想到自己脫身後，不尋覓藏身，卻前來找他，才會讓他得知此事。

「老先生，您的棗子還真甜。」魏君唐再吃了一顆，幽幽嘆道。

那老者沒見到他神情，聞言樂得裂嘴而笑。

他輾轉回到藏身居所，花微與魏天霞已經回到家中。

花微見他回來，滿臉焦急問道：「少爺，你去哪了？」

「我剛剛出去辦事了，府衙那邊情況如何？」魏君唐問道。

天霞聽見他問起，連忙接話，手舞足蹈地說道：「君唐哥哥，那鐵券好厲害，連大老爺都不敢小看，還讓我們坐著說話呢！我們拿進去以後，趙掌門馬上給他們放出來了。」

魏君唐笑道：「是麼？原來這麼厲害。」

花微也道：「原先官差們對我們無禮，等我們把鐵券呈上去，他們一個個都變了臉色，可惜少爺當時不在，那些官差的臉色可好看呢。」

「那趙掌門呢？他沒事吧？」魏君唐問道。

魏天霞哈哈大笑，道：「大老爺放了趙掌門以後，趙掌門一路從牢裡罵出來，直到我們出了衙門，他嘴裡還正罵著，一點也不罷休。」

魏君唐點點頭，道：「看來趙掌門精神這麼好，應該無恙。他可有傳訊給我？」

「有呀，趙掌門謝謝少爺的幫忙，還說少爺你如果要動手，他一定會全力協助。」花微道。

魏君唐一怔，問道：「甚麼動手？」

魏天霞道：「花微姊姊把事情告訴趙掌門了。」

魏君唐皺眉道：「唉，我本想獨力辦妥這事，看來是不可能了。」

花微不知他的心思，低頭道：「少爺對不住。」

「無妨。」魏君唐道：「既然妳已經說了，那我得通知趙掌門，讓他及早準備。花兒，取我筆墨過來。」

花微依言取來紙筆，攤在桌上。魏君唐振筆疾書，寫了一封信函，讓天霞送去給趙宏至。

天霞從沒獨自逛過臨安城，自然覺得新鮮。魏君唐又給他幾文錢，好讓他在路上買些吃食，囑咐天黑前回來。他接過信函錢銀，笑吟吟地出門。

魏君唐將門窗關上，提氣一躍，將藏於樑上的木盒取下。

花微見狀，笑道：「還是少爺聰明，這樣就不怕給人拿到了。」

魏君唐哈哈笑道：「這世上懂輕功的人多得很，放在上頭還是不安全。」

花微憂心忡忡，道：「那該怎麼辦呢？」

「妳認為該怎麼藏起來？」魏君唐問道。

花微略微思索，道：「不如我們把他記起來，然後將地圖燒掉，這樣就不怕給人搶走啦。」

魏君唐搖搖頭，道：「不妥，這畢竟是太祖留給柴家後人自保所用，我們不是主人卻將它毀去，未免對不起柴家後人。」

「不如我們送還給他們？」花微道。

魏君唐仍是搖頭，道：「倘若柴家有謀反之心，得了寶藏，恐怕天下又不安寧了。」

花微嘟著嘴，道：「這樣也不行，那樣也不可，不如我們就把它分成幾塊，讓他們就算得到了，也不知道地方在哪。」

魏君唐一聽，笑道：「這倒是個好辦法」

當下他將地圖攤開，得知藏寶在太湖邊旁一處地勢略高的小丘，於是取來短刀，在關鍵之處割開，分成五份。這五份有的大張有的小張，若不能將五張湊齊，便無從得知藏寶之地。

完成之後，花微拍手叫好，道：「太好了，這樣一來就沒辦法讓人輕易的找到藏寶。」

他將五張地圖分別收藏好，再將鐵券放回盒裡，置於樑上。

*　*　*

天霞一直到日落前才回來，他回來時，還當是自己身在寺院中，以為門沒上門，直接推門而入，撞得小腦袋瓜腫一個大包。

花微聽見聲響，連忙將他扶進屋內。只見他不住地喊疼，直到花微包紮完。

魏君唐笑道：「瞧你慌慌張張地。」

「我看太陽快下山了，才想趕緊回來。」天霞哭喪著臉說道。

「你這次出去，還有見到緝拿告示麼？」魏君唐問道。

天霞搖搖頭，道：「沒有，他們都給撕下來了。」

魏君唐之所以讓他出門辦事，還讓他去兜轉一圈才回來，全因要他去瞧瞧外頭的告示是否都摘下了。他將丹書鐵券呈上府衙查驗，理應撤回自己與趙宏至的罪責，就告示全都摘下的情況看來，府衙的確不再追究。既然不再追究此事，那也意味著他出入不必躲躲藏藏，省去不少麻煩。

一連兩天，魏君唐足不出戶，若有書信往來，便叫天霞出門去辦。天霞樂得遊逛京城，才短短兩天，便將城北一帶給摸熟了。

前一段時日，魏君唐避居鳳棲樓時，曾早晚練劍，只是他持禪念劍，無法徹底發揮劍法之精要。不論是劈、掃、斬、刺、拖、撩、割、揮，威力皆不及尋常鐵劍。禪念無鋒，僅僅在格擋方面堪用，若要傷人卻是難上加難。禪念劍長三尺三寸，只在接近劍尖處，有一寸是銳利任面，其餘皆為鈍口。

魏君唐運用此劍，只覺說不出的彆扭，以往的劍招皆以傷人為旨。若劍無鋒，臨敵對手便不懼怕，況且徐萬嚴武功如何，他半點也不知情。但憑與他相處那幾天，他無時無刻都能收斂心神，隱藏內勁，深怕他武藝不低。況且他手刃程謙牧，自然是不可小覷了。

以無鋒之劍，對上武藝高超的敵手，還沒對上招，便少了幾分勝算。只是師父無方贈劍，定然有其用意，只是他一時之間，無法悟出道理。

在這兩天之間，他苦思不得其解。整日對著禪念劍，甚是苦惱，卻毫無頭緒。

第二天晚上吃飯過後，花微將桌面收拾乾淨，魏君唐又把禪念劍擺上，鑽研劍招用法。他曾想過創製一套劍法，專以這一寸鋒口傷敵，但鋒利之處畢竟只有短短一寸，高手過招生死不過一瞬之間，縱然他真的聰穎絕世，在這兩天之內悟出一套劍法，但真要臨敵過招，危難時刻所使的仍舊是自己嫻熟的劍招，全然派不上用場。

花微見他眉頭緊皺，知道他心底苦惱，因此坐在一旁，靜靜地陪著他。而另一頭天霞早已換去僧服，他手中拿著花微在集市替他買的童玩，只見他愛不釋手，玩樂時一邊呵呵傻笑。

魏君唐自知時間不多，但仍無把握以禪念劍獲勝，不由得嘆了一口氣。

「少爺怎麼了？」

魏君唐見她雙眼水靈動人，便搖頭微微一笑，道：「沒甚麼事。」

「花兒見少爺這兩天都對著這把劍，這劍怎了麼？」

魏君唐道：「妳也明白這把劍乃是師父傳給我，只是妳瞧這劍沒有劍鋒，過招時難免吃虧，我正是為此事發愁。」

花微聽得揪心，急道：「那可怎麼辦？不如我們馬上送去鐵舖，教師傅幫我們打上鋒口？」

魏君唐道：「禪念劍乃是師父所贈，不可毀傷。況且我知道師父為人，他速來不會輕易贈人物品。他送我這把禪念劍，定然有含意，所以我才不打算再選其它兵刃。」

花微暗暗跺腳，替明日之行擔憂不已，只是魏君唐為人執拗，若此刻勸他換劍，也是白費口舌。

天霞在一旁玩得疲了，見兩人一個是眉頭緊靠，另一個則是哭喪著臉，便跑來問道：「你們在說甚麼，為什麼花微姊姊要哭？」

花微連忙收拾眼淚，道：「沒事，天霞你乖乖的去一邊玩，別打擾少爺。」

天霞甚是不高興，嘟著嘴道：「君唐哥哥瞧著這把劍都兩天啦，也不帶我出去玩。住持曾經說過，劍是殺人之物，不應該時常接觸，不然有一天自己也會像劍一樣銳利。」

魏君唐一怔，道：「原來如此，天霞，你倒點醒了我。」

看這兩人大惑不解的神情，魏君唐又道：「師父不可能妄動殺意，但總有懲奸除惡之時，他老人家知道我與歸元門為敵，又不忍多造殺業，才會贈我一把無鋒無尖的禪念劍。禪念於心，傷人不殺人，救人不害人。」

花微為難地說道：「少爺你懷著慈悲心腸，但他們呢？可是會手下留情麼？」

魏君唐參透劍意，微微一笑道：「無妨。」他似乎明白無方為何傳他禪念劍。

幼時他隨無方習武，在傳授武藝之前，往往會將整套拳法劍術從頭演練一遍，只是日子久了，他總覺得自己的功夫路數沒有學全，每套武功總是少了那麼幾招。只是他年紀尚幼，因此不敢過問。隨著他年紀增長，再見過無方演練，才知道自己所缺招式，竟是整套武功當中最為凌厲的路數。

因為他好幾次大發雷霆，責怪無方私留一手，不將最上乘的武功傳授給他。每每無方聽聞他責問，只是笑而不答，時日一久，他便無可奈何。

猶記當年他藝成出寺，護送太湖幫二小姐回府。臨行前，無方曾跟他說明此事。當時無方面色祥和，輕聲說道：「唐兒，你可知道我為什麼不傳你那些厲害的招數？」當年魏君唐自然不懂。於是無方回答他多年來的困惑，道：「這些殺人法門練得勤了，於己無益。假如你只求以武服人，我傳你這些招式，無疑是多種罪孽。若你能以才德服人，那麼這些不學也罷。」

他那時心想，能多學上幾招，出門在外總是多了幾招防身技藝，無法理解為何無方如此固執，說甚麼也不將最厲害的招數傳授給他。如今他細細想來，這才明白他的用心良苦。

這幾年他四處奔波，遇上不少惡霸匪類，卻無一人死於他的劍下，倒不是他慈悲心腸，不願多造殺業。而是他畢生所學的武功，皆點到為止，沒有一招一式可立即誅殺敵手。也正因為如此，他才得有俠名。

眾人以為他手下留情，只有他與無方曉得，自己臨敵對招，無法取人性命。

他曾為此憤懣不平，只是今日他終於曉得無方的心思「以武逼人終究下乘」，倘若無方將所以招數盡數傳給他，那麼今日他只是一名武夫，而非江南少俠。

隔天一早，魏君唐早早便起身。花微一夜難眠，聽聞魏君唐起身，她也跟著下床，準備伺候他用早膳。

此時才剛雞啼，魏君唐見她起身，愣道：「妳醒了？」

花微「嗯」了一聲，轉進廚房著手打理早膳。

魏君唐看劍她面容憔悴，知道她一夜未眠，隨她身後一起進了廚房。

花微聽見他的腳步聲也不回頭，只是靜靜地打理飯菜。

魏君唐站在她身後，瞧見她肩頭微微起伏，便拉她轉身。一轉身，花微淚流滿面，卻沒哭出聲音。

魏君唐嘆了一聲，將她的頭輕輕靠在肩上，柔聲說道：「我會沒事的，妳放心。」

花微伏在他肩頭哭了好一陣，才肯鬆手。

待用完早膳，魏君唐將地圖全數交給花微，道：「妳好好收著，等我回來。」說罷，取過禪念劍便推門而出。

看著他離去，花微默默流下淚。

七、禪念無鋒

才清早，街上已是人潮洶湧，此時多是上街採買的婦人，或是大戶人家的下人，因此聽得一片片吆喝聲，甚是熱鬧。

街上熱鬧吵雜，魏君唐心裡卻相當平靜，他所要赴的約，是殺了他至交好友的兇手，一位可能結交的金國貴族。他不若先前內心掙扎，當時在鳳棲樓，他還是有機會擒殺徐萬嚴，但他沒有這麼做，當時他下不了手，想不明白。如今他已經想通了，心裡也不再掙扎糾結。

一路來到餘杭門，他看見一位熟悉的面孔，他知道那個人正在等他。

「張提拿。」魏君唐上前抱拳行禮。

張興飛面色嚴肅，回禮道：「魏少俠，我在此恭候多時。」

魏君唐一怔，道：「張提拿可是因公務而來？上回多有得罪，還請張提拿不要計較。」

張興飛哈哈一笑，道：「府衙早已撤下追緝，魏少俠不必擔憂，只是我得到消息，魏少俠待會兒要去見一個人，所以我才在這裡等候，準備一同前往。」

魏君唐心道：「好厲害的提拿司，居然知道我要赴約？」當下他當作不知，道：「張提拿這番話，魏某可不懂了。」

張興飛道：「我提拿司消息靈通，魏少俠不必假裝。正所謂宴無好宴，會無好會，你孤身前去忒也大膽，張某願當一回隨從，請不要推辭。」

事已至此，魏君唐明白消息早已被掌握，便點頭道：「既然如此，還請張提拿不要阻攔我行事，在下永銘在心。」

張興飛想了一陣，這才點頭答應，道：「好，張某今日便通融一回。走吧！」

金剛寺離城門不遠，兩人不多時便到。

到了金剛寺，除了徐萬嚴帶了幾名蒙面人之外，空寂以及幾位僧人也在金剛寺門口等候。

魏君唐一到便向空寂行禮，順道介紹張興飛。

空寂開口道：「既然魏施主已經來了。幾位施主，金剛寺來往香客甚眾，為免造成禮佛不便，還請到裡頭坐坐。」

空寂相邀，魏徐二人自然遵從。

一行人來到住持房外的小院，此院便是當時徐萬嚴與空寂對弈之處。空寂喚來僧人搬出幾張圓凳，讓眾人得以坐下。待大家坐定後，空寂緩緩說道：「老僧無德，仍要腆顏當一回排解人。」

「住持言重了。」魏君唐起身作揖道。

話一說完，只聽一陣腳步聲急促而來，直闖小院。

來者正是葉花門掌門人趙宏至。

趙宏至一進來便向空寂行禮，道：「空寂大師，趙某不請自來，還請見諒。」接著才向魏君唐點頭。

「趙掌門不必掛懷，請坐。」空寂再命人搬來一張大椅，讓趙宏至入坐。

眾人坐定後，幾名僧人再搬來小桌送上清茶，禮數甚是周到。

空寂見一切妥當後，起身道：「前些時日完顏施主與魏少俠起了紛爭，請老僧代為排解，既然人已到齊，不知兩位可有解釋？」空寂剛說完，趙宏至便冷哼一聲，怒道：「不必多說！歸元門必須血債血償，今日一個也逃不了。」

「阿彌陀佛，趙掌門戾氣太重，還請趙掌門看照老僧幾分薄面，切勿恣意妄為。」空寂雙手合十，說道。他說話之時，自有一股威嚴，縱然趙宏至脾氣再大，也不得不聽。

「我與完顏公子無話可說，完顏公子使計刺殺天劍門掌門，此事江南同道盡皆知曉，無可抵賴。大宋律法殺人者死，可惜官府無能，縱虎歸山，君唐實在遺憾。」

此事張興飛也是知情，當日他押解徐萬嚴回府衙，隔日便接到朝廷密令，下令釋放徐萬嚴。徐萬嚴乃是歸元門首領，歸元門在宋境犯下多起案件，卻無法治罪，不由得讓張興飛憤恨，這才會跟著魏君唐一齊赴會，逮獲機會便要拘拿徐萬嚴。

「程掌門之所以喪命，皆因我一時失手，當日情況兇險，猝然不及反應，我才會誤殺程掌門。只是將罪責全數推諉在下，未免有失公允，當初我不過欲請程掌門於舍下一聚，奈何我倆有所誤會，才會造成後來失手誤殺。」徐萬嚴面容沉痛，嘆道。

魏君唐冷冷地道：「原來完顏家的人邀約作客，便是將他人的手腕斬去麼？當真厲害的手段！」徐萬嚴一時語塞。

趙宏至怒視徐萬嚴，道：「劍楚是不是為你所殺？」

徐萬嚴眉頭一皺，偏頭向身旁的蒙面漢子細聲交談，隨後轉正身子，道：「趙掌門，關於令郎之死，於我無關。在下初至臨安不過幾天，又怎麼會結識劍楚兄。」

趙宏至大怒，喝道：「於你無關，卻與歸元門脫不了干係，既然是你帶頭，我自然要尋你解決！」

徐萬嚴身旁一人突然扯下蒙面，罵道：「姓趙的，有種就衝著我來，跟我主子無關！」

魏君唐一見此人，不禁脫口說道：「陳無常，是你！」這人正是陳無常，是君子門門主，也是歸元門的臨安分堂堂主。

陳無常睨著一對眼，道：「魏少俠好久不見。」接著向趙宏至冷冷一笑，道：「趙劍楚自以為武功了得，我本不想為難他，但他苦苦糾纏，發現我們藏身在君子門作為掩護，既然如此，只得殺他滅口！這是他咎由自取，與人無尤。」

趙宏至憤怒至極，大喝一聲「混帳」，右手拔出長劍射去。庭院甚小，兩方人馬又坐得近，劍一脫手便已到了面門，眼見陳無常便要面門中劍，身死當場之際，空寂甩出手中佛珠串，「叮」地一聲，長劍直挺挺地插入青磚地，劍身直沒入兩寸有餘。趙宏至盛怒一擊，幾乎運上十成力道，想不到讓空寂這麼一拂，竟打落飛劍，化去一場血災。

「阿彌陀佛，此地乃是我佛宣揚之地，還請趙掌門手下留情。」空寂繼續掐捻念珠，淡淡地道。

趙宏至縱然心中大怒，卻也不得不從，慍道：「這筆帳今日不算，日後定然討回！」

直到空寂出手後，魏君唐才知他武功之高，幾乎與師父不相上下。魏君唐少年還待在寺裡便識得空寂，但直到今日才得知他身懷精妙武藝。

「若非你們有心謀奪我大宋之物，又豈會造成這些慘劇？」魏君唐憤然道。

徐萬嚴嘆了一聲，道：「我之所以這麼做，全是不得已，還請諸位見諒。」

「放屁！」趙宏至罵道。「你是不得已，那殺人越貨的匪類也是不得已，逼良為娼的惡霸也是不得已，所有人都不得已，那我馬上殺了你也算是不得已中的不得已！」

「阿彌陀佛。」空寂道：「完顏施主你若有不得已的苦衷，不妨說出來讓大家參酌。」

「人在江湖，誰沒有苦衷？」趙宏至冷哼一聲。

徐萬嚴不搭理他，緩緩說道：「我乃完顏亮之子。」說話時神情傲然，似是對家世頗為自傲。「我爹一生為朝廷，為宗室盡心盡力，卻讓烏祿堂叔貶為王，再降為庶人。我雖無能，但也知道替爹恢復名聲，重回太廟，絕不讓他在天之靈含恨。」他說時神情悲憤，拳頭緊握，模樣甚是怨恨。

空寂疑道：「完顏亮獨有一子，早已被殺，為何完顏公子自稱其子？」

徐萬嚴慘然笑道：「我娘乃是宮女，所以我得以僥倖逃脫，不受抄家滅門之禍。」眾人心想，完顏亮風流好色天下皆知，倘若徐萬嚴真為宮女所生，自然不奇怪。

「遂起投鞭渡江、立馬吳山之志。人人皆慶幸完顏獨夫死得早，唯你懷念。果真孝順得很。」趙宏至蔑笑道。

徐萬嚴大怒，登時抽劍起身，劍尖直指趙宏至，喝道：「休得侮辱家父！」

趙宏至不為所動，冷冷地道：「你且試試，究竟是你刺得快，還是趙某拔劍快！」他配劍離身半丈，卻敢這麼說，足見對徐萬嚴的藐視。

陳無常戟指罵道：「姓趙的，你未免太猖狂，信不信老子一把火燒了你的破莊！」

趙宏至嘿嘿冷笑，道：「要燒我葉花門，整個江湖上沒有上千也有成百，你排第幾？這裡還輪得到你說話的份？」當下他疾如迅雷，眨眼之間已持起配劍，直指陳無常咽喉，劍尖距肌膚不過短短三尺。只聽他又冷哼一聲，道：「若不是空寂大師在此，你早已是一具死屍！」陳無常受劍尖逼迫，臉上青一陣白一陣，有口難言。

「阿彌陀佛，請兩位施主收起兵刃。此地雖不比少林寺設有解劍巖，卻也不願見諸位大動干戈。」空寂說道。話一說完，兩人皆回劍入鞘，不敢造次。

「完顏施主，逝者已矣，既然完顏亮早已逝世，你又何必執著於如此虛名。百年之後你我盡歸塵土，名聲與我又有何干？我初見完顏施主，便覺你聰穎過人，只可惜衝不破心障，因此為其所累。倘若你能放下，自然海闊天空。」

徐萬嚴搖搖頭，道：「我明白住持用心良苦，只是在下不忍家父任人侮辱，情非得已，還請住持請體諒。」

「你一片孝心，實屬難得。」空寂嘆道：「只可惜完顏亮禍害金國，為難大宋，其中是非正義對比父子恩情，還望完顏施主能分辨孰輕孰重。」

徐萬嚴臉色微變，道：「難道住持也認為我錯了？」

空寂低念一聲佛號，道：「老僧才疏學淺，無法判定誰是誰非，只是完顏施主為求先父名聲，屢傷人命，似乎不妥。」

趙宏至罵道：「空寂大師，不必與這些金國狗賊多費唇舌，讓我來收拾他們，替程掌門和吾兒報仇！」

「萬萬不可。」空寂道：「冤冤相報何時了，歸元門殺了令郎，你再殺了完顏施主，接下來這筆債又該向誰討？」

「這我可管不著！」趙宏至憤然道：「趙某自認沒有大師好修養，這筆帳遲早要算清楚！」

徐萬嚴站起身，昂然道：「既然事情終要了結，不如我們便訂下規矩，由我出戰趙掌門或魏少俠其中一人，如果我得勝，那藏寶圖便歸我有，同時趙劍楚之死，我也會給個交代。倘若輸了，我當自殺謝罪，從今以後歸元門撤出宋境，永世不再回來！」

「好！」趙宏至獰笑道：「我接受你的挑戰！」他積恨已久，巴不得一劍刺死徐萬嚴，以洩心頭之恨。

規矩尚未訂定，張興飛也暗自叫好。徐萬嚴乃是完顏亮之子，他也有所耳聞，當初朝堂裡之所以會釋放他，正是這個原因。

近幾年主戰派大臣勸說北伐，卻屢屢失敗，既然徐萬嚴是完顏亮之子，且有對抗金朝之意，便釋放他北回，意在顛覆金國朝廷。縱然他心力不足以覆滅金朝，只要能使其衰弱，那麼北伐便有希望。

朝廷雖是顧全大局，才會釋放徐萬嚴，但歸元門擾亂治安，令府衙頭疼，如今鬧出大事卻輕易縱放，不得不讓張興飛憤慨。因此他心底希望徐萬嚴落敗，讓歸元門從此消失，解決他心頭大患。

「螻蟻尚且愛惜性命，完顏施主何必以輕生做為代價。」空寂皺眉說道。

徐萬嚴作揖回道：「住持有所不知，如果無法獲取藏寶，我無異是廢人。」

空寂點點頭，道：「若完顏施主心意已決，老僧也無法多說，趙掌門魏少俠，你們兩人誰願意與完顏施主對招？」

「我去。」「我。」

魏君唐與趙宏至互望一眼。趙宏至率先開口，道：「魏老弟，你別跟我爭，劍楚的仇我一定要報！」

魏君唐搖頭，低聲道：「趙掌門，現在不是追究私情的時候，我不可能將地圖交付給他，請讓我出戰。」

趙宏至急道：「不行，我有把握三招之內讓他躺下，我不親手報仇絕不甘心！地圖我一定會保全，無論如何我都要親自出戰。」

「請趙掌門成全，弒殺劍楚的兇手是陳無常，並非徐萬嚴。天劍門上下全等著我替他們報仇，於公於私，非我去不可。」魏君唐不卑不亢，輕聲說道。

趙宏至一時語塞，道：「這……」

張興飛見兩人僵持不下，於是附耳向趙宏至細聲說了一陣，只見趙宏至臉色轉愁為喜，連聲叫好。

魏君唐沒搭理他倆說些甚麼，踏步上前，道：「住持，我願領教完顏公子的手段。」

空寂見他上來，心裡甚是高興。趙宏至殺心太重，若兩人交手，定然不會手下留情，徐萬嚴便有性命之憂。到時歸元門與葉花門再無寧日，江南武林只怕再掀波濤。

只是他見魏君唐眼神之中，隱然有殺機，心理惴慄難安，上前道：「君子之爭，點到為止，不可多傷人命。」

兩人神情嚴肅，並不答話。

空寂回座後，徐萬嚴嘆道：「魏兄，想不到今日你我兵刃相見，回想當日……」

魏君唐截斷他話頭，道：「別說了，你我再無情義可言。」

「是，我自當全力以赴。」徐萬嚴道。

「動手吧。」魏君唐道。他輕輕抽出禪念劍，小心地將劍鞘擺正。

徐萬嚴早已留心禪念劍，知道定然是把好劍，當魏君唐要上前比試時，他還暗暗擔心，以為是把削鐵如泥的寶劍，心底責怪自己竟不將家中的利劍帶來。魏君唐拔劍後，他不禁一愣，愕然道：「這是甚麼劍？怎麼無鋒無尖？」

「禪念劍。」魏君唐淡淡地道。

知道他以禪念劍對招，空寂便暗自放心。

兩人行禮之後，徐萬嚴拔劍出鞘，直往魏君唐心窩而去。庭院地方甚小，魏君唐側身以劍格擋，隨即還以一劍，往對方面門掃去。

徐萬嚴雖然知道無鋒無尖，但基於臨敵反應，還是轉身避開。待他起身，魏君唐才又出招。

趙宏至在一旁急得跳腳，先是以無鋒無尖的兵刃對敵，又讓對手起身再行攻勢，哪裡是過招比武，說是練劍還差不多。

禪念劍無尖無鋒，但魏君唐內勁加諸其中，運劍之時，隱然有劍氣相護，令徐萬嚴不敢輕敵。

徐萬嚴於金國學劍，劍招大開大闔，不論是橫、掃、劈、揮，路數剛勁沉猛，風聲虎虎。反觀魏君唐的劍招，師承無方和尚，算得上是南方劍術，劍招講究輕、靈、飄、柔，因此一剛一柔，兩人激鬥之下，讓眾人看直了眼。

禪念劍先天不足，卻絲毫不若下風。魏君唐劍走輕靈，長劍如蛇，纏上徐萬嚴的兵刃。他略一收劍，馬上往魏君唐臂膀斬去。魏君唐退後避開，彎腰直掃對手下三路。徐萬嚴躍起後，見到魏君唐在下，舉劍直刺他面門。

魏君唐不閃不躲，橫劍以劍身格擋後，翻轉手腕，揮劍直刺徐萬嚴丹田。只聽「嘟」地一聲，竟是刺中了他。只是禪念劍無尖，只刺得他小腹隱隱作痛，並無大礙。徐萬嚴不待落地，當即變招，以劍作刀，橫掃魏君唐脖頸。幸得魏君唐絲毫沒有鬆懈，身子往後使了一個鐵板橋，才堪堪避過。

趙宏至罵道：「完顏孫子，你已經輸了，還不快自殺謝罪。」

徐萬嚴充耳不聞，使了一招「天水飛落」劍鋒往魏君唐肚腹而去。魏君唐左手運勁一拍，身子翩然而起，隨即還了一劍。他知道徐萬嚴仗著自己長劍無法傷他，便不肯認敗，心裡微微惱火。

徐萬嚴有恃無恐，手中長劍大開大闔，拖掃揮割，直逼魏君唐而去。他招式之間破綻頗多，但魏君唐的禪念劍削中他四肢，卻恍若無事，幾次還險些被還擊的劍鋒所傷，讓他怒火陡生。

魏君唐不認為自己兵刃吃虧，禪念劍劍身較一般長劍厚實，因此利用這點優勢和對手硬憾。

徐萬嚴劍尖削來，他便橫持長劍格擋，待對手不及變招時，以劍代棍，往他右腿一拍。劍身加上內勁，直疼得徐萬嚴險些跪下，若不是應變得快，連忙往一邊滾去，只怕便要露醜。

起身之後，徐萬嚴便覺右腿不靈光，連連說了三個好字。知道魏君唐以劍代棍後，他毫不退讓，當下以劍代刀，施展掃堂刀功夫，滾向魏君唐腳邊，揮劍直往他雙腳斬去。

魏君唐連忙跳起，出手迅如雷，將劍尖點上徐萬嚴右後肩，疼得他險些拿不住長劍。

徐萬嚴大喝一聲，翻身欲站起時，魏君唐見他仍不死心，喝道：「鬆手！」劍尖點中他手腕經脈。徐萬嚴手指麻木，「匡啷」一聲長劍落地。

他兵刃落地，正想彎腰去拾，魏君唐持劍抵著他咽喉，神情悲憤，道：「想不到程掌門一身武藝，卻死在你手中。」徐萬嚴武功平平，獨獨學了一些反制天劍門與葉花門的招式。他一直以為劍術大成不過如此，加上魏君唐的長劍無鋒無尖，因此才會輕忽大意。

「你殺了我吧。」徐萬嚴淒然道。

魏君唐強忍心中怒意，道：「我不殺你，你走吧。從今以後，再也不要踏入大宋一步！」當下轉身背向他。輕輕地嘆息。

「拿命來！」陳無常突然發難，抽劍直刺魏君唐後心。空寂讓魏君唐遮擋住，此時要救，已然不及。

「找死！」只聽趙宏至大喝一聲，長劍再次脫手射出。這次沒有空寂相護，陳無常登時面門中劍，釘死當場。得手後，他仍不罷休，隨手抄起三只茶杯，以暗器手法擲去，三名歸元門人頭頸中招，連哼都沒哼一聲，隨即斃命。

當下趙宏至哈哈大笑，道：「葉花絕技不過爾爾，今日教你死在我手上，算是你修來的福氣！」他話說完，又拔劍刺戮陳無常屍身，方洩心頭之恨。若非空寂阻止，只怕他將陳無常斬成肉泥。

身旁之人盡皆死絕，徐萬嚴頹然坐倒在地。魏君唐持鞘還劍時，忽覺右腰一疼，當下低頭一瞧，只見左腰血流如注，竟是遭受徐萬嚴偷襲。他立馬回身拍出一掌，直中他心窩。

餘下三人大驚失色，空寂正制止趙宏至逞兇，卻見魏君唐一掌打飛徐萬嚴，本以為他積恨以至失控，仔細一瞧，才看見他腰間傷口，登時明白是徐萬嚴忽施偷襲。一個縱身上前，連忙點住他周身大穴，隨後趕去查看徐萬嚴傷勢。

趙宏至與張興飛急忙扯下身上衣布，壓住劍傷止血，魏君唐雙眉緊皺，甚是疼痛。所幸只是傷及皮肉，並無大礙。

徐萬嚴心窩中了剛猛掌力，倚靠在柱上，不住地咳血。

將傷勢穩住後，魏君唐拖著腳步上前，問道：「你不想殺我，為何出劍？」徐萬嚴出劍以捏準方位，僅在右腰畫出一道血口，並沒傷及內臟。魏君唐當下以為左腰遭洞穿，這才出掌震飛他。

徐萬嚴嘿嘿一笑，艱難地道：「我早就……早該死了，可惜可惜，我與你相識一場，卻反目成仇。若下輩子有緣，我完顏天德希望與你結交，再吃一碗，一碗……」他話沒說完，即闔眼而逝。

空寂深吸一口氣，道：「阿彌陀佛，人生在世，萬般皆是苦。」喚來僧人逐一將他們收斂。

趙宏至甚是心喜，道：「張提拿，你料想果真不假，陳無常果然是動手了！」

張興飛道：「這人乃是一介草寇，卻要裝出君子模樣，我們提拿司早已注意，他千方百計擺脫我們追蹤，終究得伏法。」

「住持。」趁著僧人替他包紮時，魏君唐低聲問道：「何以我持禪念劍，不願傷人，卻仍是害了性命？」

空寂沉吟道：「殺不殺人，不在於兵器，而是在心中。你雖處處忍讓，但我看得出你為了程掌門的死，心生魔障。心障既有，自然造就了因果，這也是為何無方師兄再三提點你之處。你為人謙和，卻凡事耿耿於懷，要是你有那麼一刻，從心中放下仇恨，那完顏施主今日便不會死，不會因你的怨恨而死。」

魏君唐默默流下淚，道：「師父傳我禪念劍，要我不妄殺生，但禪念無鋒，真正殺人的劍，卻留在我心中。」

兩人將魏君唐攙扶回住所，花微一打開門，先是看見魏君唐，再見到他的傷勢，既是難過又高興，緊緊地將他抱住，哭道：「少爺你沒事就好，沒事就好。」

一旁天霞則頗為鎮定，開口招呼兩人，道：「兩位大爺請進來用茶。」

兩人面面相覷，以為魏天霞是魏君唐之子，當下不願打擾一家子相聚，於是乾笑兩聲連連推辭。

趙張二人離去後，花微仍舊哭聲不止。

「君唐哥哥，你疼麼？」魏天霞瞧著他腰上包紮，問道。

魏君唐搖搖頭，拉起花微的手，按在自己的心窩，道：「腰上不疼，心底疼。」

待花微哭得止住後，魏君唐輕輕一笑，道：「將家裡收拾收拾，我們走吧。」

魏天霞問道：「君唐哥哥，要去哪兒？」

魏君唐看著花微，柔聲說道：「我們去找一個家，一個避開打殺，安穩生活的家。」

花微含著淚點點頭，一句話也說不出。

魏君唐將她頭上的翠綠花鈿撥正，輕輕地笑著。天霞拉著他的手腕，道：「君唐哥哥，城裡生活不安穩麼？」他少年心性，初認識城內新奇好玩的玩意兒，自然捨不得走。

「有人的地方，就不安穩了。」魏君唐淡淡地道。

* * *

隔日趙宏至再上門，卻尋不著人影，屋內各樣物品已被搬空。一夜之間，魏君唐如同消失，再也無人聽聞。

一直過了十來年，江南武林才又出現他的名字，一位曾經的江南少俠，以及正崛起的另一位江南少俠。

從沒人知道這一位年輕的江南少俠出身何處，也從沒人能知道他居住何地。只知道他有一把劍，一把震懾江南綠林的無鋒劍。

禪念雖無鋒，卻能傷人。因為殺人的，從來都不是刀劍，而是人心。

要冒險02　PG1075

要有光 FIAT LUX

江湖訣・禪念無鋒

作　　者	林　莫
責任編輯	林泰宏
圖文排版	王思敏
封面設計	王嵩賀

出版策劃	要有光
製作發行	秀威資訊科技股份有限公司 114 台北市內湖區瑞光路76巷65號1樓 電話：+886-2-2796-3638　傳真：+886-2-2796-1377 服務信箱：service@showwe.com.tw http://www.showwe.com.tw
郵政劃撥	19563868　戶名：秀威資訊科技股份有限公司
展售門市	國家書店【松江門市】 104 台北市中山區松江路209號1樓 電話：+886-2-2518-0207　傳真：+886-2-2518-0778
網路訂購	秀威網路書店：http://www.bodbooks.com.tw 國家網路書店：http://www.govbooks.com.tw
法律顧問	毛國樑　律師
總 經 銷	易可數位行銷股份有限公司 地址：231新北市新店區寶橋路235巷6弄3號5樓 電話：+886-2-8911-0825　傳真：+886-2-8911-0801 e-mail：book-info@ecorebooks.com 易可部落格：http://ecorebooks.pixnet.net/blog

出版日期	2013年10月　BOD一版
定　　價	260元

國家圖書館出版品預行編目

江湖訣. 禪念無鋒 / 林莫著. -- 一版. -- 臺北市 : 要有光,
2013. 10
面 ;　公分. -- (要冒險 ; PG1075)
BOD版
ISBN 978-986-89954-2-0 (平裝)

857.9　　　　102018510

讀者回函卡

感謝您購買本書，為提升服務品質，請填妥以下資料，將讀者回函卡直接寄回或傳真本公司，收到您的寶貴意見後，我們會收藏記錄及檢討，謝謝！
如您需要了解本公司最新出版書目、購書優惠或企劃活動，歡迎您上網查詢或下載相關資料：http:// www.showwe.com.tw

您購買的書名：________________________________

出生日期：________年________月________日

學歷：□高中（含）以下　□大專　□研究所（含）以上

職業：□製造業　□金融業　□資訊業　□軍警　□傳播業　□自由業
　　　□服務業　□公務員　□教職　□學生　□家管　□其它______

購書地點：□網路書店　□實體書店　□書展　□郵購　□贈閱　□其他

您從何得知本書的消息？

□網路書店　□實體書店　□網路搜尋　□電子報　□書訊　□雜誌
□傳播媒體　□親友推薦　□網站推薦　□部落格　□其他__________

您對本書的評價：（請填代號　1.非常滿意　2.滿意　3.尚可　4.再改進）

封面設計____　版面編排____　內容____　文／譯筆____　價格____

讀完書後您覺得：

□很有收穫　□有收穫　□收穫不多　□沒收穫

對我們的建議：________________________________

____

____

____

請貼
郵票

11466
台北市內湖區瑞光路 76 巷 65 號 1 樓
秀威資訊科技股份有限公司 收
BOD 數位出版事業部

（請沿線對折寄回，謝謝！）

姓　　名：＿＿＿＿＿＿＿＿　年齡：＿＿＿＿　性別：□女　□男

郵遞區號：□□□□□

地　　址：＿＿＿＿＿＿＿＿＿＿＿＿＿＿＿＿

聯絡電話：(日)＿＿＿＿＿＿＿＿　(夜)＿＿＿＿＿＿＿＿

E-mail：＿＿＿＿＿＿＿＿＿＿＿＿＿＿＿＿